VERKAUFT AN DIE BERSERKER

EINE GESTALTWANDLER-DREIECKSROMANZE

LEE SAVINO

Übersetzt von
MICHAEL KRUG

KOSTENLOSES BUCH

Hol dir ein kostenloses Exemplar von Gezeugt von den Berserkern und Eine Berserker-Geburt, indem du dich für meinen Newsletter anmeldest.

Der dritte Teil von Daegans, Brennas und Samuels Geschichte. Lies den ersten Teil in Verkauft an die Berserker *und den zweiten in* Gepaart mit den Berserkern. *Diese Novelle ist kostenlos, ein Geschenk.*

https://BookHip.com/PKRMGC

VERKAUFT AN DIE BERSERKER

Ein Blick, und wir wussten, sie gehört uns.

Wir sind Berserker. Furchtlose Krieger.

Und sie ist unsere Gefangene.

Die Frau, die uns zähmen kann.

Die Einzige, die unsere inneren Bestien bändigen kann.

Ihre Narben führen zu ihrer Vergangenheit.

Sie wurde verletzt.

Wurde mitten in der Wildnis an uns verkauft.

Jetzt gibt es keine Grenzen mehr.

Es liegt an uns, sie zu beschützen.

Ihr endlose Freuden zu bereiten.

Wir brauchen sie, um den Fluch zu brechen.

Sie muss wählen.

Wird sie fliehen? Oder ihren Platz als unsere wahre Gefährtin einnehmen?

Als Brennas Vater sie an eine Gruppe vorbeiziehender Krieger verkauft, gilt ihr einziger Gedanke dem eigenen Überleben. Sie rechnet nicht damit, dass die zwei furchterregenden Krieger, die den Clan der Berserker anführen, Anspruch auf sie erheben. In der Gefangenschaft wird sie verhätschelt und umsorgt. Man behandelt sie eher wie eine Heilsbringerin als wie eine Sklavin. Kann Gefangenschaft zu Liebe führen? Und kann sie ihren Platz als wahre Gefährtin der Berserker akzeptieren, als sie die Wahrheit hinter dem Mythos der furchterregenden Krieger erfährt?

1

———

Am Tag, als mich mein Stiefvater an die Berserker verkaufte, erwachte ich im Morgengrauen, und er blickte anzüglich auf mich herab. »Steh auf.« Als er dazu ansetzte, mich zu treten, schüttelte ich hastig die schlaftrunkene Benommenheit ab und rappelte mich auf die Beine.

»Ich brauche deine Hilfe bei einer Lieferung.«

Nickend spähte ich zu meiner Mutter und meinen Geschwistern, die tief und fest schliefen. Mir gefiel es nicht, wenn sich mein Stiefvater in der Nähe meiner drei jüngeren Schwestern aufhielt, aber wenn ich den ganzen Tag mit ihm unterwegs wäre, dann wären sie in Sicherheit. Ich hatte mir angewöhnt, einen Dolch bei mir zu tragen. Zwar wagte ich nicht, den Mann zu töten – wir brauchten ihn, damit er uns ernährte und beschützte –, aber wenn er mich noch einmal angriffe, würde ich kämpfen.

Der zweite Gemahl meiner Mutter hasste mich, seit er zuletzt versucht hatte, mich zu nehmen, und ich mich zur Wehr gesetzt hatte. Damals war meine Mutter zum Markt gegangen, und als er versuchte, mich zu packen, schnappte etwas in mir über. Ich wollte mich nicht noch einmal von ihm anfassen lassen. Erbittert setzte ich mich zur Wehr, trat um mich und kratzte, bis ich schließlich einen Topf aus Eisen zu fassen bekam und meinen Stiefvater mit heißem Wasser versengte.

Er brüllte wie am Spieß und sah aus, als wollte er mich verletzen, aber er blieb auf Abstand. Als meine Mutter zurückkam, tat er so, als wäre alles in Ordnung, aber seine Blicke folgten mir voll Hass und mit einem verschlagenen Ausdruck.

Er bezeichnete mich offen als hässlich und machte sich über die Narben lustig, die meinen Hals verunstalteten, seit mich ein wilder Hund angegriffen hatte, als ich klein war. Ich achtete nicht darauf und hielt mich von ihm fern. Hänseleien wegen meines hässlichen Gesichts hörte ich schon, seit die Wunden verheilt und zu einer Masse silbrigen Narbengewebes an meinem Hals geworden waren.

An jenem Morgen wickelte ich mir ein Kopftuch über die Haare und meinen narbigen Hals, dann folgte ich meinem Stiefvater, trug seine Waren die alte Straße hinab. Zuerst dachte ich, wir wären unterwegs zum großen Markt. Als wir jedoch die Gabelung erreichten und er einen mir unbekannten Pfad einschlug, zögerte ich. Irgendetwas stimmte nicht.

»Hier lang, Töle.« Er hatte sich angewöhnt, mich mit verschiedenen Bezeichnungen für »Hund« anzusprechen. Als Begründung hatte er mir genannt, dass ich nur noch Laute von mir gab, die sich wie das Grunzen eines Tiers anhörten, ich also praktisch ein Tier wäre. Er hatte recht. Der Angriff damals hatte mir durch die Verletzung am Hals die Stimme geraubt.

Wenn ich ihm in den Wald folgte und er mich zu töten versuchte, könnte ich nicht einmal schreien.

»Ein reicher Mann hat darum ersucht, dass ihm die Waren vor die Tür geliefert werden.« Er marschierte weiter, ohne zurückzuschauen, ob ich ihm folgte.

Ich habe mein gesamtes Leben im Königreich Alba verbracht, aber als meine Mutter nach dem Tod meines Vaters wieder geheiratet hatte, waren wir ins Dorf meines Stiefvaters im Hochland am Fuß der hohen, abschreckenden Berge gezogen. Es kursierten Geschichten über etwas Böses, das angeblich in den dunklen Winkeln des Höhenzugs hauste, aber ich hatte sie nie geglaubt.

Dafür wusste ich, dass genug Monster direkt vor unseren Augen lebten.

Je länger wir marschierten, desto tiefer sank die Sonne am Himmel und desto ausgeprägter wurde meine Ahnung, dass mich mein Stiefvater überlisten wollte. Es gab keinen reichen Mann, der auf diese Waren wartete. Mittlerweile war mein Stiefvater so weit vorausgegangen, dass ich ihn nicht mehr sehen konnte.

Als der Weg eine Kurve beschrieb und mein Stiefvater hinter einem Felsblock hervorsprang, um mich zu überrumpeln, war ich zwar halb darauf gefasst, doch bevor ich meinen Dolch ziehen konnte, schlug er mich so hart, dass ich fiel.

Ich erwachte an einen Baum gefesselt.

Das Licht der Sonne war geschwunden, die Abenddämmerung setzte ein. Stumm kämpfte ich gegen die Fesseln an. Panische Laute drangen aus meiner Kehle. Mein Stiefvater trat in Sicht. Einen Wimpernschlag lang verspürte ich Erleichterung über ein vertrautes Gesicht – bis mir einfiel, welche Gräuel dieser Mann meinem Körper antun wollte.

Was immer er vorhatte, es verhieß nichts Gutes für mich und meine jüngeren Schwestern. Wenn ich nicht überlebte, würde sie letztlich dasselbe Schicksal ereilen wie mich.

»Du bist wach«, stellte er fest. »Gerade rechtzeitig für den Verkauf.«

Wieder zerrte ich an den Fesseln, doch sie gaben nicht nach. Als sich mein Stiefvater näherte, bemerkte ich, dass mein Kopftuch fehlte, das ich mir um den Hals gewickelt hatte, um die Narben zu verstecken. Aus Gewohnheit drehte ich den Kopf weg, zog die hässliche Seite an die Schulter.

Mein Stiefvater schmunzelte.

»So hässlich«, verhöhnte er mich. »Einen Ehemann könnte ich niemals für dich finden, aber wenigstens habe ich jemanden aufgetan, der dich überhaupt nimmt. Eine Gruppe Krieger auf der Durchreise hat dich gesehen. Sie wollen ihre Lust an deinem Körper ausleben. Wer weiß, wenn du sie erfreust, lassen sie dich vielleicht am Leben. Aber ich bezweifle, dass du diese Männer überleben wirst. Sie sind Fremde, Söldner, hergekommen, um für den König zu kämpfen. Berserker. Falls du Glück hast, stirbst du schnell, wenn sie dich in Stücke reißen.«

Ich hatte die Geschichten über die Berserker gehört. Furchterregende Krieger aus alten Zeiten. Sie schienen nie zu altern und segelten über die Meere in unser Land, plünderten, töteten, versklavten, kämpften für unsere Könige ebenso wie für ihre eigenen. Nichts vermochte, sie aufzuhalten, wenn sie in blutrünstige Raserei verfielen.

Ich bemühte mich, mir meine Angst nicht anmerken zu lassen. Berserker waren ein Mythos. Viel eher hatte mich mein Stiefvater an einen Trupp vorbeiziehender Soldaten verkauft, die sich mit meinem Körper vergnügen wollten, bevor sie mich tot zurücklassen oder weiterverkaufen würden.

»Ich hätte dich schon längst verscherbeln können, wenn ich dich nackt ausgezogen und dir einen Sack über den Kopf gestülpt hätte, um diese Narben zu verbergen.«

Seine Hände betatschten mich, und ich schrak vor seinem widerlichem Atem zurück. Er schlug mich, dann zerrte er an meinem Zopf, bis mir die Haare offen über das Gesicht und die Schultern fielen.

Da ich gefesselt war, konnte ich ihn nur vernichtend anstarren. Ich konnte zwar nichts tun, um den Verkauf zu verhindern, aber ich hoffte, mein wilder Gesichtsausdruck würde ihm verraten, dass ich bis zum Tod kämpfen würde, falls er versuchte, mich mit Gewalt zu nehmen.

Seine Hand wanderte abwärts auf meine Brüste zu, als sich am Rand der Lichtung ein Schatten regte. Die Bewegung erregte meine Aufmerksamkeit, und ich erschrak. Mein Stiefvater trat zurück, als die Krieger zwischen den Bäumen hervorströmten.

Mein erster Gedanke war, dass es sich nicht um Menschen, sondern um Tiere handelte. Sie schlichen vorwärts, dunkle Schemen, beinah eins mit den Schatten. Einige trugen Tierfelle und blieben im Hintergrund, drücken sich am Rand des Walds herum. Zwei in Krieger-aufmachung kamen näher, bis an die Zähne bewaffnet. Einer besaß dunkles Haar, der andere eine lange, schmutzig-blonde Mähne und einen dazu passenden Bart.

Ihre Augen leuchteten mit einem furchterregenden Licht.

Als sie sich näherten, erfasste uns der Geruch von rohem Fleisch und Blut, und mir drehte sich der Magen um. Ich war froh, dass mir mein Stiefvater den ganzen Tag nichts zu essen gegeben hatte, sonst hätte ich meine Einge-weide auf den Boden entleert.

Die Züge meines Stiefvaters und sein Ton nahmen

diesen schmeichlerischen Ausdruck an, den er immer dann hatte, wenn er auf dem Markt etwas verkaufte.

»Guten Abend, meine Herren.« Kriecherisch verbeugte er sich vor dem Größten der Neuankömmlinge, dem Blonden mit Haar, das sich über seine Brust ergoss.

Die Männer blieben stumm, aber der Blonde trat näher, richtete den Blick seltsamer, goldener Augen auf mich.

Die Gesichter dieser Fremden erwiesen sich als recht ansehnlich, aber ihre muskelbepackten Gestalten und ihre schnelle, geschmeidige Art, sich zu bewegen, ließen mir den Atem stocken. So kraftstrotzende Männer hatte ich noch nie zuvor gesehen. Neben ihnen nahm sich mein Stiefvater wie ein hässlicher Zwerg aus.

»Das ist die Frau, die ihr wolltet«, sagte meine Stiefvater. »Sie ist gesund und stark. Sie wird euch eine gute Sklavin sein.«

Wären meine Fesseln nicht so fest angezogen gewesen, mein Körper hätte vor Grauen gezittert.

Ein dunkelhaariger Krieger stellte sich neben den Blonden, und die beiden wechselten einen Blick.

»Ihr habt nach der mit den Narben verlangt.« Mein Stiefvater nahm mein Haar und zog mit einem Ruck meinen Kopf zurück, entblößte die schrecklich anzusehende, silbrige Haut. Ich schloss die Augen, presste vor Schmerz und Erniedrigung bittere Tränen zwischen den Lidern hervor.

Als Nächstes bemerkte ich, dass sich der Griff meines Stiefvaters lockerte. Ein Grunzen ertönte. Als ich die Augen aufschlug, stellte ich fest, dass der dunkelhaarige Krieger an meiner Seite stand. Mein Stiefvater lag ausgestreckt auf dem Boden, als wäre er gestoßen worden.

Der blonde Anführer stupste mit einem Stiefel die Seite meines Stiefvaters.

»Steh auf«, verlangte der Blonde mit einer Stimme, die eher einem Knurren glich als einem menschlichen Laut. Mir gerann das Blut in den Adern. Mein Stiefvater rappelte sich auf die Beine.

Der Schwarzhaarige schnitt meine Fesseln durch, und ich sackte nach vorn. Ich wäre gefallen, aber er fing mich mühelos auf, stellte mich auf die Füße und ließ die Arme um mich gelegt. Es gab gewiss kleinere Frauen als mich, doch er war ein Riese. Muskeln traten an seinen Armen und seiner Brust hervor, während er mich behutsam festhielt. Ich starrte ihn an, ließ sein rabenschwarzes Haar und die seltsam goldenen Augen auf mich wirken.

Er zog mich näher an seinen kraftvollen Körper.

Mein Stiefvater stimmte indes Gewimmer an. »Ich wollte euch nur die Narben zeigen ...«

Wieder dieses furchterregende Knurren von dem Blonden. »Du rührst nicht an, was uns gehört.«

»Ich will sie gar nicht anrühren«, spie mein Stiefvater hervor.

Unwillkürlich schmiegte ich mich an den Mann, der mich festhielt. Ein Fremder, dem ich noch nie zuvor begegnet war, fühlte sich für mich sicherer an als mein Stiefvater.

»Ich will mich nur vergewissern, dass ihr zufrieden seid, meine Herren. Wollt ihr sie ausprobieren?«, erkundigte sich mein Stiefvater in gehässigem Ton. Er hätte zu gern gesehen, wie ich in Stücke gerissen wurde.

Ein Knurren rumorte unter meinem Ohr, und ich hob den Kopf. Wer waren diese Männer, diese großen Krieger, die mich gekauft, für mich bezahlt hatten? Die Arme um meinen Körper waren stark, mächtig. Aus ihrem Griff gab es kein Entrinnen. Aber die goldenen Augen, die auf mich herabblickten, wirkten freundlich. Der Krieger fuhr mit dem Daumen über meine Lippen. Seine Finger fühlten sich viel zu zärtlich für einen so großen, gewalttätig aussehenden Kämpfer an. Unter dem Mief von Blut verströmte er einen sauberen Geruch von Schnee und klirrender Kälte.

Er drückte das Gesicht an meinen Kopf und atmete tief ein.

Der Blonde beobachtete uns.

»Sie ist es«, verkündete der Schwarzhaarige mit knurrender, so unglaublich kehliger Stimme. »Das ist die Richtige.«

Eine seiner Hände legte sich seitlich an meinen Kopf und meinen Hals, drückte mein Gesicht in einer schützenden Geste an seine Brust.

Ich schloss die Augen und entspannte mich an der soliden Wärme des Kriegerkörpers.

Gold klimperte, und der Handel wurde vollzogen. Ich war verkauft.

FAST SOFORT BEGANN DER KRIEGER, mich wegzuziehen.

Ich kämpfte gegen aufsteigende Panik an und wünschte, mein Stiefvater wäre nicht das letzte vertraute Gesicht, das ich sah.

»Leb wohl, Brenna.« Mein Stiefvater grinste, als die Krieger an ihm vorbeiströmten und ihrem blonden Anführer in den Wald folgten.

»Wartet.« Der Blonde blieb stehen. Prompt packten die anderen Krieger meinen Stiefvater. »Ihr Name ist Brenna?«

»Ja. Aber ihr habt sie gekauft. Nennt sie, wie ihr wollt.«

Der dunkelhaarige Krieger zog mich weiter. Halb folgte ich ihm, halb stolperte ich neben ihm einher. Meine Fingernägel bohrten sich in meine Handflächen, um zu verhindern, dass ich in Panik verfiel. Gegen den Hünen neben mir zu kämpfen, kam nicht infrage. Ebenso wenig Sinn hätte der Versuch, vor ihm wegzulaufen.

Der Blonde gesellte sich zu uns, und die beiden Krieger zogen mich in den dunklen Hain. Schreckliche Gedanken fluteten meinen Geist. Ich gehörte diesen Männern – sie würden sich an mir vergehen, ihre Lust an meinem Körper befriedigen und mir dann die Kehle durchschneiden, bevor sie mich für die Wölfe zurücklassen würden.

Tränen traten mir in die Augen, sowohl vor Zorn als auch vor Angst.

Plötzlich blieben die zwei Männer im Einklang stehen und hielten mich zwischen ihnen fest. Trotzig schloss ich die Augen, und Tränen quollen unter den Lidern hervor.

Während der Heilung damals nach dem Angriff brachte ich noch ein paar Laute heraus – grausige Geräusche, die wie von einem Tier klangen. Ich fand sie so hässlich, dass ich gänzlich aufgehört hatte, etwas von mir zu geben. Manchmal, wenn ich allein war, tauchte ich in den Fluss, öffnete den Mund und versuchte zu schreien. Aber es drang kein Mucks mehr hervor. Meine Kehle schien meine Stimme vergessen zu haben.

Im Augenblick hörte man in dem Hain nur meine raue Atmung.

Ich spürte die Krieger zu meinen beiden Seiten. Ihre imposanten Gestalten ragten hoch über meinen zierlichen Körper auf. Ich war wesentlich kleiner als sie, nahm mich neben ihren hünenhaften Erscheinungen winzig aus.

Im Moment hielt ich mir vor Augen, dass ich weiteratmen und mich diesen Männern unterwerfen musste. Sie könnten mich mit einem einzigen Hieb töten.

Mein Herz hämmerte so wild, dass es schmerzte. Ich war bereit zu sterben.

Aber als sie mich berührten, erwiesen sie sich als zärtlich. Eine Hand strich erst über mein Haar, dann streichelte sie meine Kieferpartie. Eine andere stützte mich von hinten, während wieder eine andere mein Kinn ergriff und meinen Kopf hin und her drehte. Die Hand hinter mir sammelte mein Haar zusammen. Ich hielt den Atem an, während mich die zwei mächtigen Krieger betasteten.

Mir fiel auf, dass sich der Geruch von Blut verflüchtigt hatte, abgelöst von etwas anderem, einem animalischen Moschusduft, den ich als wesentlich angenehmer empfand.

Ein Finger fuhr meinen Hals entlang, näherte sich dem Narbengewebe, und ich atmete scharf ein. Dann fielen die Hände von mir ab.

Die Gesichter neigten sich mir zu. Ich spürte den Atem auf der Haut, als sie ausgiebig an meinem Haar schnupperten.

»So gut«, meinte einer der beiden und stöhnte.

Ich konnte nicht verstehen, was vor sich ging. Einerseits fürchtete ich mich davor, von ihnen genommen zu werden, aber ich konnte mir nicht erklären, warum sie es nicht taten.

»Es wirkt«, murmelte der eine zum anderen. »Die Hexe hatte recht.«

Als sie die Köpfe neigten und beide an mir rochen, schlug mein Herz durch ihre Nähe plötzlich schneller. Tief in mir regte sich etwas. Verlangen. Nur ein paar Minuten allein mit diesen Männern, und ich würde mit ihnen intimer werden, als ich es je mit jemandem geworden war.

Zugleich beugten sie mir die Köpfe zu. Als sie sich dicht an meinen Hals schmiegten, breitete sich ein Kribbeln über meine Haut aus.

Da spürte ich sie, diese ungebetene Regung in meinen Lenden. Schon seit ich zu einer Frau geworden war, erfüllte mich ein ausgeprägtes Verlangen. Jeden Monat musste ich gegen den Drang ankämpfen, mir einen Mann zu suchen und mich mit ihm zu vereinen. Ich sah abscheulich aus und war zu einem Dasein als einsame Ausgestoßene verdammt. Dennoch erwachte mein Körper bei jedem Vollmond zum Leben und wurde von Wogen brodelnder Lust heimgesucht, bis ich beinah verzweifelt genug wurde, mir den nächstbesten Mann zu schnappen und ihn anzuflehen, mir Söhne zu schenken.

Hitze breitete sich durch mich aus, bis ich ein Japsen hörte – einer der Krieger zuckte weg und trat einen Schritt zurück.

»Sie ist bereit«, ertönte sein Grollen. Statt mir Angst einzujagen, erregte mich der Klang seiner Stimme.

Was ging bloß vor sich?

»Nicht hier, Bruder«, brummte der Blonde.

Ohne eine Erwiderung zog mich der Dunkelhaarige weiter.

Eine Weile marschierten wir vor uns hin, rückten durch den Wald vor und überquerten einen Bach. Die Lust in mir ließ unterwegs nach, denn ich fühlte mich schwach vor Hunger und Furcht. Schließlich stolperte ich nur noch auf vor Erschöpfung tauben Füßen vor mich hin.

Der dunkelhaarige Krieger blieb stehen. Ich zuckte zusammen, denn ich rechnete damit, dass er mich mit Gewalt dazu anspornen würde, den Weg fortzusetzen.

Stattdessen drehte er meinen Kopf so, dass ich ihn ansehen musste. Wieder näherten sich mir seine Hände, strichen mein Haar zurück. Mir zog sich alles zusammen, als ich erkannte, was er tat: Er betrachtete meine Narbe.

Unwillkürlich ruckte ich mit dem Kopf, und er ließ mein Kinn los, bot mir Wasser an. Er hielt den Schlauch, während ich trank, und als ich genug hatte, hielt er mir Dörrfleisch hin, fütterte mich aus seiner Hand. Ich starrte in die seltsamen goldenen Augen, konnte nicht verhindern, dass sich die Fragen in meinem Gesicht zeigten: *Wer seid ihr? Was habt ihr mit mir vor?*

Als ich fertig war, legte er eine Hand auf seine Brust und gab einen kehligen Laut von sich, den ich nicht verstand. Er wiederholte ihn zweimal, bevor er die Hand stattdessen auf meine Brust legte.

»Brenna.« Ich konnte meinen Namen zwar kaum verstehen, dennoch nickte ich.

Der Ansatz eines Lächelns krümmte seine vollen Lippen. Mit einem Schulterzucken streifte er das graue Fell ab, das er trug, und wickelte es um meine Schultern, bevor er mich wieder in den Kreis seiner starken Arme zog.

Mein Herz schlug schneller. Die Wärme des Fells sickerte in meinen müden Körper, und der große Mann hielt mich weiter fest. Obwohl ich mich immer noch fürchtete, wartete ich gehorsam in der Umarmung des dunkelhaarigen Kriegers. Ich wagte nicht, mich zu wehren.

Ein Rascheln ging durch das Unterholz um uns herum, und die anderen Krieger umzingelten uns. Ich schmiege mich an meinen schwarzhaarigen Aufpasser. Er hielt mich fest und drehte mich zu dem Krieger herum, bei dem es sich um den Anführer zu handeln schien.

Der Blonde war so riesig, dass ich den Kopf weit in den Nacken legen musste, um ihm ins Gesicht zu sehen. Er kam näher, und ich erzitterte so heftig, dass ich wohl gefallen wäre, wenn mich der Dunkelhaarige losgelassen hätte. Jeder Instinkt in mir schrie, dass ich einen Wilden vor mir hatte, eine Bestie, ein gefährliches Monster, und dass ich die Flucht ergreifen müsste.

Als er sich mir entgegenstreckte, zuckte ich zusammen.

Seine Hand hielt inne.

Er schluckte, als müsste er sich erst daran erinnern, wie man die Stimme benutzte.

»Brenna.« Mein Name gleich einem leisen Knurren. »Wir wollen dir nichts tun.«

Ich musterte ihn. So groß die anderen Krieger sein mochten, der Blonde gehörte zu den beeindruckendsten. Er bewegte sich leichtfüßig und anmutig, seine Muskeln traten dabei deutlich hervor. Lange Strähnen blonder Haare streiften seine breiten Schultern. Die Hälfte seiner kantigen Gesichtszüge bedeckte ein Bart. Am hervorstechendsten fand ich die breiten, goldenen Brauen über den verblüffenden Augen.

Als sein Blick dem meinen begegnete, leuchteten sie.

Seine Hände berührten mein Gesicht, ein Daumen streichelte meine Lippen. Er drehte meinen Kopf hin und her, strich mir das Haar vom Hals. Ich schloss die Augen und wusste, was er sah, nämlich die silbrig-weißen Striemen und das knorrige Gewebe – Narben einer Wunde, die mir die Stimme genommen hatte und beinah auch das Leben.

An den Angriff selbst erinnerte ich mich kaum noch. Ein großer, dunkler Schemen hatte mich aus den Schatten angefallen. Dann waren Schmerzen gefolgt. Heftige Schmerzen. Meine Mutter hatte mir später erzählt, dass ich tagelang an der Schwelle zum Tod gewesen war. Niemand dachte, dass ich überleben würde, doch das tat ich.

Einige hätten es anders für besser gehalten. Obwohl ich mich von dem Angriff erholte, blieben mir die Narben, die mein Gesicht und mein Leben verunstalteten. Die Jungen jagten mich gern die Straße entlang und warfen mit Dingen nach mir. Als ich heranwuchs, lernte ich, mit den Schatten zu verschmelzen. Und wie man sich unscheinbar bewegte, ohne Aufmerksamkeit zu erregen. Und später, nachdem meine Mutter meinen Stiefvater geheiratet hatte, musste ich zudem lernen, wie man kuschte und sich versteckte.

Ihr Körper ist ja recht hübsch anzusehen, hatte mein Stiefvater einmal gemeint. *Man braucht ihr nur einen Sack über den Kopf zu ziehen, damit man ihren Anblick ertragen kann.*

Mein neuer Besitzer neigte meinen Kopf weiter hin und her, betrachtete die Narbe eingehend. Er nickte, wirkte zufrieden. »Das Mal des Wolfs«, brummte er.

Ein Raunen ging durch die versammelten Krieger, und sie rückten näher. Der Schwarzhaarige hielt mich mit den kräftigen Armen um meinen Körper fest.

Ich wünschte, ich könnte fragen, was der blonde Krieger damit meinte.

Die Männer umzingelten mich, starrten auf meine abscheulichen Narben.

Als der Blonde mein Kinn losließ, senkte ich schnell den Kopf und schämte mich. Wieder spürte ich seine großen, rauen Handflächen, die mich zwangen, aufzuschauen, doch diesmal hielten sie mein Gesicht.

Ich schloss die Augen. Nicht einmal schreien konnte ich. Von nun an gehörte ich diesem Mann. Wenngleich ich mich mit einem Leben als entstellte Außenseiterin abgefunden hatte, unerwünscht und ungeliebt, hätte ich nie gedacht, einmal zur Sklavin zu werden.

»Brenna.« Ein Befehl folgte als raues Knurren. »Sieh mich an.«

Irgendwie gehorchte ich und begegnete dem steten Blick des Anführers. Etwas in jenem goldenen Schimmer bannte mich, und ich fühlte mich ruhiger.

»Fürchte dich nicht.« Sein Adamsapfel hüpfte einen Herzschlag lang auf und ab, als müsste er überlegen, wie man Worte bildete. »Ist es wahr, dass du nicht sprechen kannst?«

Ich nickte.

»Kannst du lesen oder schreiben?«

Ich schüttelte den Kopf. Eine seltsamere Unterhaltung hatte ich in meinen neunzehn Lebensjahren noch nie geführt.

Der Blonde wirkte enttäuscht und wechselte einen Blick mit dem Krieger, der mich festhielt.

Eine Stimme ertönte an meinem Ohr, immer noch rau und kehlig, aber etwas deutlicher als zuvor. »Wir möchten einen Weg finden, mit dir zu reden.« Der Sprecher drehte mein Gesicht zu ihm. Wieder zuckte ich zusammen, als er die Hand hob, doch er untersuchte nur die Narben so, wie zuvor der Blonde.

Als er fertig war, hatten sich alle Krieger bis auf den Blonden entfernt. Dunkles Haar berührte meine Wange. Erschrocken wurde mir klar, dass ich einen Bluterguss im Gesicht haben musste, wo mich mein Stiefvater geschlagen hatte.

Der Blond rückte näher. Aus seiner mächtigen Brust drang ein Laut, der stark einem Knurren ähnelte.

»Brenna«, sagte er. »Wir werden dir nicht wehtun. Das schwöre ich. Niemand wird dir je wieder wehtun.«

Der Dunkelhaarige nahm einige Strähnen meines Haars in die Hand, hielt sie zart fest und hob sie vor sein Gesicht. Nachdem er meinen Geruch eingeatmet hatte, sah er mich mit leuchtenden Augen an und sagte mit klarer Stimme: »Du gehörst jetzt uns.«

DER REST der Nacht blieb mir nur verschwommen in Erinnerung. Wir marschierten in dichter Dunkelheit durch die

Wälder, folgten einem Pfad. Die Krieger gingen vor und hinter mir, ich befand mich wohlbehalten in der Mitte.

Letztlich überwältigte mich die Erschöpfung, und ich stolperte. Sofort hob mich der Dunkelhaarige auf seine Arme, und die Gruppe beschleunigte die Schritte. Er drückte mein Gesicht an seinen Hals.

Ich musste eingeschlafen sein, denn als ich erwachte, trug mich der Blonde. Ich schaute auf, blinzelte im Licht der Sterne und der kalten Nachtluft. Die Krieger mussten die Nacht hindurch gelaufen sein und waren noch immer in Bewegung, folgten einem Weg, der einen Berg hinaufführte. Als ich ein wenig mehr erwachte, starrte ich in die goldenen Augen des Anführers.

»Schlaf«, brummte er. »Wir sind fast zu Hause.«

ICH WUSSTE NICHT, wie lange ich schlief, jedenfalls träumte ich dabei. Das Licht der Sterne wich tiefer Dunkelheit. Ich befand mich an einem warmen, sicheren Ort. Zwei Krieger beugten sich über mich. Große Hände strichen durch mein Haar. Einer zog einen Dolch und schnitt mein Kleid auf, das er entfernte, dann begannen die Hände, meinen Körper zu streicheln. Ihre Berührungen schürten mein heißes Verlangen, und im Traum sehnte ich mich danach, ihre Körper über meinen zu ziehen, flehte sie wortlos an, mich auszufüllen.

Stattdessen lag ich regungslos da, während ihre Finger geradezu ehrfürchtig meine Haut betasteten. Ich hörte sie reden, obwohl sie nicht laut sprachen. Sie benutzten keine Worte, dennoch verstand ich sie irgendwie.

»Die Hexe hatte recht. Sie beruhigt den Wolf.«

Eine gebrummte Zustimmung, danach eine Pause. »Ich kann ihre Lust riechen.«

»Geduld, Bruder. Wir haben so lange darauf gewartet.«

Sie legten sich zu meinen beiden Seiten hin, berührten mich nach wie vor. Ihre Augen leuchteten in der Dunkelheit.

»Bruder«, sagte einer in ehrfürchtigem Ton. »Die Bestie ruht.«

»Bei mir auch.«

»Es ist so lange her.«

»Zu lange. Aber der Kampf ist vorbei. Die Bestie schläft jetzt.«

2

—

Ich erwachte eingebettet in etwas Weiches. Mein Körper fühlte sich ein wenig zu warm an. Schweiß lief zwischen meinen nackten Brüsten hinab. Mein Kleid war verschwunden – zumindest die Erinnerung daran, wie mich die Krieger ausgezogen hatten, war demnach kein Traum gewesen.

Als ich mich bewegte, berührte ich einen vor mir liegenden Körper, und ich riss die Augen auf. Die große Gestalt eines Kriegers befand sich in entspannter Haltung neben mir. Wir ruhten auf einem Stapel von Fellen in einem dunklen, von einem Feuer erhellten Raum. Im Schlaf hatte ich mich auf die Seite gerollt und dem Dunkelhaarigen zugedreht. Kaum eine Haaresbreite passte zwischen meinen nackten Busen und seine muskulöse Brust.

Ich streckte mich ein wenig und schob ein dickes Fell von mir.

Sein Körper fühlte sich so warm an. Als ich ein wenig zurückrutschte, öffneten sich die Augen des Mannes und blinzelten. Ich begegnete seinem Blick, ohne Angst zu verspüren. Obwohl wir erst anderthalb Tage miteinander verbracht hatten, fühlte ich mich durch seinen freundlichen Gesichtsausdruck entspannt. Sein Lächeln verhießt Gutes für mein Leben als Sklavin.

»Brenna«, begrüßte er mich. Seine vor Schlaf raue Stimme hörte sich in meinen Ohren deutlicher als zuvor an. »Hast du gut geschlafen?«

Ich nickte. Er rollte sich auf die Seite, drehte sich mir zu. Seine breite, muskelbepackte Brust füllte mein Sichtfeld aus. Ein Teil von mir wollte zurückschrecken und wegrutschten, doch ich hielt mir vor Augen, dass ich meinen neuen Herrn vor mir hatte. Es würde besser für mich sein, wenn ich einfach verharrte und ihn gewähren ließe. Außerdem fühlten sich die Felle gemütlich an.

Der Krieger rückte näher. Das Licht in seinen braunen Augen schimmerte heller. Ich konnte jede einzelne seiner dunklen Wimpern erkennen. Langsam, als wollte er mich nicht erschrecken, hob er eine große, raue Hand und berührte mein Gesicht mit mehr Zärtlichkeit, als ich einem Mann wie ihm zugetraut hätte. Ich senkte den Blick, während er mich streichelte, gestand ihm Freiheiten zu, die darin bestanden, dass er meine Haut berührte und mein Haar zurückschob.

So seltsam es sein mochte: Ich lag neben einem Fremden, dem ich nie zuvor begegnet war und der mich nach einem demütigenden Handel in den Wald entführt hatte, trotzdem genoss ich den Augenblick und die rauen, aber so sanften Finger des Kriegers. Als Ausgestoßene, die sich mit ihrem Schicksal abgefunden hatte, wurde ich sonst nicht oft berührt. Es fühlte sich angenehm an.

Zu spät erkannte ich, dass er meine Narbe begutachtete. Als es mir klar wurde, drehte ich den Kopf ruckartig weg.

»Schhh, ganz ruhig. Ich will dir nicht wehtun.«

Meine Hand legte sich über die zernarbte Seite meines Halses und Gesichts.

Mit aufrichtigem Blick sah er mich an. »Magst du das nicht?«

Ich schüttelte den Kopf. Die Narbe war mein Fluch, mein Verderben. Durch sie war ich zu hässlich, um einen Jungen aus dem Dorf zu heiraten – so hässlich, dass ich mich höchstens zur Sklavin eignete.

Meine Hand drückte fester zu, doch er nahm sie und löste sie von meinem Gesicht. Seine Stirn runzelte sich ein wenig, als er die Striemen darunter begutachtete. So sehr ich mich wehren wollte, ich zwang meinen Körper, regungslos zu bleiben. Immerhin hatte ich es weder mit einem heimlichen Geliebten noch mit einem Freund zu tun, sondern mit einem Krieger, der mich gekauft, für mich bezahlt hatte. Daran musste ich denken, wenn ich überleben wollte.

Ab sofort bestand mein Sinn im Leben darin, meine neuen Herren zu erfreuen. Je länger mir das gelänge und je länger ich am Leben bliebe, desto größer würde meine Aussicht darauf sein, eines Tages eine Fluchtmöglichkeit vorzufinden.

An dem Gedanken hielt ich fest, während ich meinen dunkelhaarigen Bettgefährten anstarrte und heftig blinzelte, um Tränen zurückzuhalten.

»Ist nicht so schlimm, Mädchen. Nur ein kleines Mal. Es macht dich anders, aber es ist nicht schlimm genug, um dir deine Schönheit zu rauben.«

Ich blinzelte. Noch nie hatte mich jemand als *schön* bezeichnet. Der Krieger zog meine Hand weg von meinem Gesicht und küsste sie. Seine Lippen bearbeiteten meine Handfläche und kitzelten mich mit den Stoppeln an seinem

Kinn und Kiefer. Fältchen erschienen in der Haut um seine Augen, als er verschmitzt lächelte.

Und auf einmal spürte ich, wie mir Wärme in alle verborgenen Körperteile schoss. Mein Schoß zog sich zusammen und füllte sich mit Verlangen.

Die Flut der Begierde überkam mich so jäh und heftig, dass ich die Hand unwillkürlich zurückziehen wollte.

Er ließ sie nicht los. Stattdessen drehte er sie um, übersäte mein Gelenk mit Küssen und nuckelte zart an der Haut über meinem Puls. Mein Herzschlag beschleunigte sich sprunghaft und verräterisch, und der Mann grinste breit.

»Gut so, Brenna. Braves Mädchen.« Seine Augen leuchteten auf, jener übernatürliche Schein darin wurde heller.

Ich konnte nicht anders und rührte mich, als sich Erregung in Form von Nässe zwischen meinen Beinen ausbreitete.

Der Krieger hielt inne und schnupperte die Luft. Hatte ich seine Augen zuvor für golden gehalten, loderten sie plötzlich zehnmal heißer, als er den Kopf näher zu mir neigte. Langsam beugte er sich herab, bereit, mit dem Mund meine Lippen zu berühren ... Gebannt von diesen wunderschönen Augen hätte ich mich selbst dann nicht zu regen vermocht, wenn ich es versucht hätte.

Als ich eine Bewegung hinter mir wahrnahm, erschrak ich erst und verfiel dann in Panik. Ich erhaschte einen flüchtigen Eindruck von blonden Locken, als ich zu zappeln anfing. Auf der Liegestatt befand sich ein weiterer Mann. Da mich der dunkelhaarige Krieger so in seinen Bann geschlagen hatte, war mir die zweite beeindruckende Gestalt neben mir völlig entgangen.

Bevor ich mich aufrichten konnte, packte mich der Dunkelhaarige und zog meinen bebenden Körper zurück auf die Felle.

»Ruhig«, grollte eine andere Stimme.

Sofort erstarrte ich. Der animalische Laut sträubte mir die feinen Nackenhärchen.

Der Dunkelhaarige schlang die kraftvollen Arme um meinen Rumpf. Sein Oberschenkel ruhte quer über meinen Beinen, hielt mich gefangen. »Ruhig, Mädchen«, hauchte er mir ins Ohr. »Das ist nur Samuel.«

Langsam drehte ich den Kopf Samuel zu und begegnete dem wilden Blick des Kriegers.

»Erinnerst du dich an Samuel? Er hat dich den Berg heraufgetragen. Verletz nicht seine Gefühle. Sonst schnappt er ein und schmollt den ganzen Tag.«

Meine Stirn runzelte sich tiefer und tiefer, bis mir klar wurde, dass sie mich aufzogen. Unter dem kurzen Bart wurde Samuels ernster Ausdruck ein wenig milder.

»Wolltest du ohne mich anfangen, Daegan?«, fragte er über meinen Kopf hinweg seinen Kriegerbruder.

»Nur ein winziger Kuss.« Der Schwarzhaarige rollte mich so auf den Rücken, dass ich zu beiden aufschauen konnte. Ich schluckte schwer und bemühte mich, mir nicht anmerken zu lassen, wie eingeschüchtert ich mich fühlte.

Die zwei ragten über mir auf, der eine dunkel, der andere hell. Einer ernst und eindringlich, der andere mit einem verschmitzten Funkeln in den Augen.

Ihre Berührungen wurden verwegener. Eine Hand strich meine Hüfte hinab.

Am schlimmsten fand ich, wie mein Körper darauf reagierte. Angespannt verlagerte ich das Gewicht, als sich ein lustvolles Kribbeln in mir ausbreitete. Ich kämpfte dagegen an und schloss die Augen.

»Aufmachen«, brummte einer der Krieger und wischte mir das Haar aus dem Gesicht.

Ich gehorchte, und er belohnte mich, indem er sich über

mich beugte, als wollte er mich küssen. Stattdessen atmete er tief ein und hob den Kopf wieder.

»So gut«, meinte er zu seinem Bruder.

»Genau, wie es die Hexe gesagt hat.« Samuel fuhr mit einem langen Finger seitlich mein Gesicht hinab.

»Fühlst du es?«

»Ich fühle es«, bestätigte der Blonde. Ihre Stimmen klangen zwar immer noch rau und tief, aber kräftiger.

Der dunkelhaarige Krieger richtete sich über mir auf und ließ sich dann neben mir nieder, als ich mich zurücklegte und zu ihm aufschaute.

»Brenna«, sagte er und legte mir die Hand wie in der vergangenen Nacht auf die Brust. Seine Stimme hörte sich wesentlich deutlicher als das kehlige Brummen an, das sie davor gewesen war. Er legte die Hand auf die eigene Brust, und diesmal verstand ich seinen Namen. »Daegan.«

Er schien auf eine Erwiderung von mir zu warten, also nickte ich.

»Samuel«, sagte der andere.

Wie in meinem Traum von letzter Nacht fingen ihre Hände an, meinen Körper zu streicheln. Ihre Finger fingen mit meinem Gesicht an und wanderten dann die Arme hinab, berührten und liebkosten mich.

Samuel streichelte meine Brust. Mein Nippel verhärtete sich schlagartig, und ich zuckte zusammen.

»Schhh, entspann dich«, sagte der Blonde. »Es ist alles gut.«

»So lieblich«, fügte Daegan hinzu und fuhr mit einem Finger meinen Arm hinab, wodurch er Schauder durch meinen gesamten Körper jagte. »Gefallen dir unsere Berührungen, Mädchen?«

Ich blinzelte ihn an, fürchtete mich davor, zu nicken oder den Kopf zu schütteln. Einem Teil von mir gefielen die

Berührungen tatsächlich, ein anderer Teil von mir wusste, dass sie mir nicht gefallen sollten. Es geschah alles so schnell.

»Du gehörst jetzt uns, Brenna. Wir haben dich gekauft, weil wir eine Frau wollten, die mit uns das Bett teilt. Wir glauben, dass du die Richtige bist«, erklärte Samuel.

»Gehorch uns, Mädchen, denn pflegen wir dich und beschützen dich und bereiten dir Vergnügen.«

Steif lag ich da und versuchte, ihre Worte zu verarbeiten. Die Ereignisse der vergangenen Nacht und des vergangenen Tages waren in meinem Kopf immer noch verworren.

Daegan legte die Finger um mein Fußgelenk, und ich musste mich zusammenreißen, um nicht auszutreten. Das Fußgelenk gehörte ihm – er konnte es nach Lust und Laune entweder liebkosen oder brechen. Ich verkörperte ihre Sklavin.

Man musste mir die Angst im Gesicht angesehen haben, denn Samuel redete in besänftigendem Ton auf mich ein. »Ruhig, Brenna, gib dich uns hin. Wir haben lange auf dich gewartet.«

Ich blinzelte. Sie hatten auf mich gewartet?

Der große Anführer streichelte meine Wange. »Wir besitzen dich jetzt, und wir werden für dich sorgen und dich beschützen. Dir wird nie wieder ein Leid widerfahren.«

Sein Daumen legte sich auf meine Lippen und strich über die empfindsame Haut. Mein Herz schlug schneller, allerdings nicht nur vor Angst.

Er seufzte. »Ich wünschte, du könntest mit uns sprechen. Ich würde alles dafür geben, deine Fragen zu erfahren. Um die Angst aus deinen Augen zu bekommen.«

Ich versuchte, mich zu entspannen. Diese Männer mochten mich gekauft haben, nun jedoch versuchten sie, mich zu trösten.

Samuel stemmte sich hoch, bis er über mir schwebte, und er heftete diesen eindringlichen Blick auf mich. Daegan ging an meinem Kopf in Stellung, bettete ihn in seine Armbeuge und spielte mit meinem Haar.

»Wir werden uns jetzt um dich kümmern.« Samuel bäumte sich über mir auf und zog das Fell von meinem Körper. Ich konnte mich nicht bewegen, als wäre ich vor Angst zu Stein erstarrt. Nackt lag ich vor diesen großen Kriegern, die sich mit Blicken ihrer golden leuchtenden Augen an meinem Leib weideten.

»Wunderschön«, befand Daegan, und meine Angst schlug innerhalb weniger Herzschläge in Erregung um.

Samuel senkte den Kopf so, dass sein Haar über meine Oberschenkel strich. Er schien an mir zu riechen.

Ich versuchte, die Beine zu schließen, aber er hielt sie auseinander. Daegan hob mich höher, sodass er mich halb auf seinem Schoss hatte und mein Kopf an seiner Brust ruhte. Er streckte die Arme nach unten, legte die Handflächen auf meine Schenkel und hielt sie für seinen Kriegerbruder gespreizt.

Da ich mich gefangen fühlte, fing ich an, mich zu wehren. Unbeachtet der freundlichen Worte der Männer kannte ich sie nicht und wusste nicht, was sie mit mir anstellen wollten.

»Brenna.« Samuel sprach meinen Namen wie einen Befehl aus. »Lieg still. Wir werden dir nicht wehtun. Du bist unserer kostbarster Besitz.«

Daegan streichelte die Innenseiten meiner Schenkel. »Noch mag dir das nicht klar sein, aber das wird es noch werden.«

Samuels Finger bewegten sich zart über meine Leibesmitte. »Das gehört jetzt uns.« Als er leicht die Hände bewegte, rührten sich meine Hüften von selbst und reagierten darauf.

Hätte ich aufschreien oder einen sehnsüchtigen Laut von mir geben können, ich hätte es getan.

Allzu bald entfernte er die Finger, dann roch er zunächst an meinen Säften, bevor er sie kostete.

Meine Lippen teilten sich zu einem Japsen, und das erwies sich als zu viel für Daegan. Er löste eine Hand von meinen Schenkeln, ergriff zärtlich mein Haar und drehte meinen Kopf so, dass er mich küssen konnte. Seine Lippen berührten die meinen, drückten sich einladend auf sie, bevor er den Kopf neigte und tiefer in meinen Mund vordrang. Ich erstarrte vor Verblüffung über meinen ersten Kuss.

Mit einem schelmischen Funkeln in den Augen wich er ein wenig zurück. »Gefällt dir das?« Er zog die Augenbrauen hoch, schien mich beinah herauszufordern, nein zu sagen.

Ich starrte ihn nur an.

Samuel grinste beinah.

»Lass es mich noch mal versuchen.« Daegan grinste tatsächlich, bevor er sich herabbeugte und mit der Zunge meine Lippen liebkoste. Lust durchzuckte mich heiß.

»Ich bin dran.« Samuel lehnte sich nach vorn. Daegan hielt mich umschlungen, als der große Mann mein Gesicht in die Hände nahm und mich mit zärtlichen Fingern zu sich zog, bevor er die Lippen auf meine senkte. Wie sein Kriegerbruder schmeckte er sauber und gut, und als sich meine Lippen teilten, schob sich seine Zunge in meinen Mund.

Als der Kuss endete, atmete ich schwer. Feuchte Lust sammelte sich in meiner Leibesmitte.

Samuel ließ sich Zeit und küsste mich erneut, bevor er meinen Mund wieder Daegan anbot. Ihre Hände bewegten sich dabei ununterbrochen über meine Haut, streichelten meine Arme, meine Brüste, meine Hüften und meine Taille, bevor sie hinunter über meine Beine wanderten. Mit vier Händen und zwei Mündern wurde jeder Teil von mir liebkost ... außer einem.

Nach einer Weile spreizten sich meine Schenkel von selbst und entblößten meine Scham, die um Zuwendung bettelte.

Die Hitze in mir flammte stärker denn je zuvor auf, geschürt von den erregenden Berührungen zweier Männer. Ich kämpfte dagegen an, wie ich es immer getan hatte, kämpfte darum, ich selbst zu bleiben, klammerte mich an Brenna fest. Doch mit jedem Kuss und jeder Berührung, jedem Zungenschlag an meinem Hals oder Knie verlor ich mich ein wenig mehr.

Samuel zog sich kurz zurück, und ich blinzelte über die unverhoffte Pause. Sein langes Haar fiel über eine umwerfende Brust. Daegan war etwas schmaler gebaut, wenngleich unwesentlich. Bei jeder Bewegung zeigten sich Muskeln über Muskeln mit scharf geschnittenen Konturen.

Ich hatte es mit harten Männern zu tun, die ein hartes Leben führten, und ich sollte mit beiden schlafen.

Sie bewunderten, wie weich ich mich anfühlte, und ließen entsprechende Äußerungen vernehmen, während sie mich streichelten.

»So glatt. Fühl mal.«

Hände legten sich auf meine Brust, und ich wölbte den Rücken durch. Meine Atmung ging schneller und schneller, als ich wortlos um mehr bettelte.

»Was für ein wunderschönes Geschöpf. So perfekt für uns.«

Samuels große Hände wanderten über die Wölbung meiner Hüfte.

»Reine Perfektion.« Samuels Finger strichen hauchzart

zwischen meinen Beinen hindurch. »Entspann dich, du holdes Wesen, wir werden dir jetzt Vergnügen bereiten.«

Bei seinen Worten krampfte sich mein Körper zusammen.

»Sollen wir sie fesseln?«

Daegan zog mich näher zu sich. »Müssen wir dich fesseln, Mädchen? Ich weiß, für dich ist das alles neu, und du hast Angst, aber du gehörst uns jetzt. Wir werden mit deinem Körper anstellen, was immer wir wollen, und wir werden uns immer gut um ihn kümmern. Jetzt wird dir Samuel Vergnügen bereiten.«

»Wirst du dich uns hingeben, Brenna?«

Ich nickte. Was hatte ich schon für eine Wahl?

Die Berührungen des großen Mannes kreisten dicht um meine besonderen Stellen, und eine Erregung, wie ich sie nie zuvor gekannt hatte, breitete sich rasend durch mich aus. Ich wurde zu einem Wesen, das nur noch Verlangen kannte.

Und das ängstigte mich. Samuel hielt inne, als meine Hände die seinen unwillkürlich wegschoben.

Daegan packte mich an den Handgelenken, und ich bäumte mich zuckend gegen ihn auf, geriet vollends in Panik. »Atme, Brenna. Mein Kriegerbruder wird dir jetzt Vergnügen bereiten. Du kannst nicht dagegen ankämpfen. Entspann dich einfach und gib dich uns hin.«

Hände spreizten meine Beine, und Samuel sank zwischen sie. Ich spürte heißen Atem zwischen den Schenkeln, Küsse an meinem Knie und dann eine Zunge, die meine Mitte berührte. Aus der bloßen Berührung wurde ein Lecken. Es fühlte sich so gut an, dass ich nicht gegen die Arme ankämpfen konnte, die mich ehern festhielten. Ich wollte es auch gar nicht. Verlangen und Furcht hatten in mir einen Kampf ausgetragen. Das Verlangen hatte gewonnen.

Daegan lobte mich, als ich mich entspannte. »Braves Mädchen. Du bist dafür erschaffen worden.«

»Du bist für uns geboren und gezeichnet worden, und wir haben so lange gewartet«, fügte Samuel hinzu, bevor er an der Innenseite meiner Schenkel knabberte und sich näher auf meine triefende Scham zubewegte. Als sein Mund sein Ziel erreichte, war ich mehr als feucht und bereit für ihn.

Ich wusste wenig darüber, wie man sich liebte, nur das, wobei ich Paare im Wald beobachtet hatte, oder das, was ich mir aus derben Witzen, die mir zu Ohren gekommen waren, zusammengereimt hatte. Hinzu kamen die gewalttätigen Begegnungen mit meinem Stiefvater, bevor ich beschlossen hatte, mich gegen ihn zu wehren.

Aber ich hatte noch nie so viel Gefühl und Zärtlichkeit durch die Hände eines Mannes erfahren, erst recht nicht durch zwei Krieger, die mich genauso mühelos töten konnten, wie sie mich liebkosten.

Während Daegans Finger um meine Nippel kreisten, küssten seine Lippen meinen Hals und meine Schultern. Sein Mund wanderte dabei über meine Narben, doch es störte mich nicht mehr.

Als sich Samuel meinen unteren Lippen zuwandte und sie mit der Zunge begrüßte, schoss meine Erregung in den Himmel. Meine Atmung veränderte sich, wurde träge und sehnsüchtig.

Ein kleiner Teil von mir kämpfte gegen die Erregung an und wollte, dass ich bei klarem Verstand blieb. Zwei Männer hielten mich auf ihrer Liegestatt fest und ergötzten sich voll Hingabe an meinem Körper.

Das Verlangen in mir steigerte sich, dieselbe Lust, die mich Monat für Monat überkam, seit ich mit meiner ersten Blutung zur Frau geworden war. Bei Vollmond wurden meine Brüste schwer, und ein Ziehen bemächtigte sich meines gesamten Körpers – kein Schmerz, sondern eine wollüstige Sehnsucht. Ich musste dann immer alle Willenskraft aufbieten, um mich im Griff zu behalten, sonst würde ich losziehen und mich paaren wie ein Tier – wie die Hündin, als die mich mein Stiefvater bezeichnete.

Das durfte ich nicht zulassen. Nun jedoch verführten mich gleich zwei Männer.

»Lass dich fallen, kleine Schönheit. Schenk uns deine Lust«, flüsterte Daegan mit rauer Stimme. Ihre Lippen, ihre Zungen und ihre Finger bearbeiteten mich hartnäckig, unablässig. Ich spürte, wie ich mich auf den Rand des Abgrunds zubewegte.

Als ich hinab in die Tiefen der Ekstase stürzte, keuchte ich. Ein Hochgefühl flutete meine Welt, ließ mich höher und höher aufsteigen, weit über gewöhnliche Empfindungen hinaus.

Als ich zurück zur Erde schwebte, stellte ich fest, dass der Schrei, den ich hörte, von mir stammte. In meiner Wonne hatte sich mein Kehlkopf geöffnet und ließ Laute aus mir herausdringen. Kehlige, schreckliche Geräusche. Die Laute eines Tiers.

Vor lauter Scham darüber presste ich die Lider zu. Die Kontrolle zu verlieren, fühlte sich demütigender an, als ein Leben lang von Narben gezeichnet zu sein, als von meinem verhassten Stiefvater verkauft worden zu sein und als zuzulassen, dass mich zwei Männer beglückten. Ich musste mich daran erinnern, wer ich war. Und ich musste wachsam bleiben, damit ich bei der nächstmöglichen Gelegenheit fliehen könnte. Meine Schwestern zählten auf mich.

»Mach die Augen auf, Brenna«, befahl Samuel.

Die beiden Männer wirkten zufrieden mit sich.

Die Finger des Blonden streichelten meine Wange. Als sie auf eine Träne stießen, runzelte er die Stirn.

»Ach, Kleines.« Daegan rückte näher. Sein Haar ergoss sich über meinen nackten Leib. »Dir passiert nichts. Du bist hier in Sicherheit.«

»Es ist viel auf einmal, das wissen wir«, sagte Samuel. »Aber wir haben sehr lange auf dich gewartet.«

3

———

Nach meinem Höhepunkt verschwand Samuel aus dem Raum mit der mit Fellen bedeckten Liegestatt. Daegan half mir auf die Beine und führte mich. Abgesehen von meinem offenen Haar war ich immer noch splitternackt, als er mich aus der Steinhöhle durch einen Gang in eine andere Höhle geleitete.

Die Höhle wurde von Kohlenbecken und einem Feuer erhellt, der Gang besaß irgendein natürliches Licht. Der Untergrund fühlte sich kühl unter meinen Füßen an, als ich mit Daegan eilte.

Wir befanden uns in einem Berg. Jemand musste diesen Ort aus dem Fels gehauen haben. Ich hatte zwar von Zwergen in den Hügeln gehört, sie aber immer bloß für einen Mythos gehalten.

Meine Nippel hatten sich verhärtet, mein Körper zitterte, als wir einen weiteren Raum betraten. Warme, dampfige Luft umhüllte meinen Körper. Wir gelangten in eine andere Kammer, in der heißes Wasser aus dem Gestein blubberte.

Daegan bedachte mich mit einem Grinsen. »Gefällt dir das, Mädchen?«

Ruckartig nickte ich mit großen Augen. Als kaum geduldete Ausgestoßene zog ich mich oft allein in den Wald zurück und badete dort in einem Bach. Auch meine Reinlichkeitsgewohnheiten brandmarkten mich im Dorf als sonderbar.

Diese Krieger jedoch schienen ein Bad ebenfalls zu schätzen.

Von Daegan ermutigt begab ich mich ins Wasser, ließ die warme Nässe meine Beine umspülen. An der tiefsten Stelle reichte mir der Tümpel bis zur Taille. Daegan ließ mich darin spielen, herumplatschen und mich so zurücklehnen, dass mich das Wasser bis zum Hals bedeckte.

Ich schloss die Augen und stellte mir vor, zu Hause oder an irgendeinem feinen, wohligen Ort zu sein, eine Prinzessin, die auf der Welt keine Sorge plagte.

Ein platschender Laut holte mich zurück auf die Füße. Daegan watete ins Wasser. Sein nackter Körper schnitt in gerader Linie durch das Nass auf mich zu. Die Lust in seinen Augen brachte mich zum Erröten.

Ich zog das Kinn an, um meinen Hals bestmöglich zu verbergen, und ich bedeckte mit den Armen die Brust. Ich wusste, dass sowohl mein Gesicht als auch meine Gestalt, abgesehen von den Narben, durchaus gefällig waren. Wenn es den Jungen im Dorf langweilig wurde, Steine nach mir zu werfen und mir Schimpfwörter an den Kopf zu schleudern, versuchten sie oft, mich zu finden, wenn ich badete. Ich hatte gelernt, mich zu verstecken, vor allem, wenn mich die Brunst überkam. In diesen Zeiten tiefempfundener Begierde bewunderte ich die straffe, makellose Haut meines Bauchs und meiner Brüste, die Wölbung meines Hinterns und meine kräftigen Beine. Allein und im Bann des Verlangens fühlte ich mich wunderschön.

Genauso hatte ich mich auf der Liegestatt zwischen den Kriegern gefühlt, nur tausendfach verstärkt.

Beim Anblick des sich erregt nähernden, wilden Kriegers, von dessen harter, muskelbepackter Gestalt das Wasser rann, scheute ich plötzlich. Mein Herz schlug schneller, und ich kehrte ihm den Rücken zu, tat so, als würde ich die Höhle betrachten. Wie zu erwarten, streichelte seine Hand über meinen Rücken hinab, was mich daran erinnerte, wie wenig ich in meinem Leben berührt worden war. Bis jetzt.

Er drehte mich zu sich herum.

»Bist du hungrig?«

Ich schüttelte den Kopf.

»Ich schon.« Er zog mich in seine Arme, beugte den Kopf herab und tat sich an meinen Lippen gütlich, knabberte zärtlich daran, bevor er sie teilte und mir die Zunge in den Mund schob. Sein Körper presste sich an meinen, und erneut überkam mich die Lust, als sein Kuss und seine Nähe meine Selbstbeherrschung hinwegfegten. Könnten meine hellbraunen Augen so leuchten wie die der beiden Krieger, sie hätten heiß und grell vor Begierde gestrahlt.

Als er den Kuss beendete, klammerte ich mich an ihm fest, umschlang mit den Armen seinen Nacken so, dass er mich nicht wegschieben konnte.

»Ach, Mädchen.« Stöhnend drückte er das Gesicht an meinen Hals. Er schien meinen Geruch einzuatmen, als wäre ich ein Quell frischer Luft.

Als ein Geräusch ertönte, hoben wir beide die Köpfe. Samuel stand am Rand des Wassers. Seine goldenen Augen leuchteten, seine prachtvolle Gestalt war abgesehen von einem Lendenschurz nackt.

»Siehst du meinen Kriegerbruder?«, flüsterte Daegan. »Er wartet darauf, dass du ihn einlädst, zu uns zu kommen.«

Ich umklammerte Daegans Arme.

»Wir brauchen dich beide, Kleines«, hauchte er. »Willst du, dass er auch hereinkommt?«

Mein Herr wollte von mir, dass ich etwas zustimmte. Ich nickte.

Samuel entfernte den Lendenschurz, und ich erhaschte einen flüchtigen Blick auf seine riesige Mannespracht, bevor er ins Wasser watete. Daegans Glied drückte hart und bereit gegen meinen Po.

Etwas in mir löste sich wie eine plötzlich entfesselte Bogensehne.

Unwillkürlich krümmte ich mich rückwärts in Daegans Arme. Obwohl ich wusste, dass ich nicht entkommen konnte, hatte ich das Gefühl, es versuchen zu müssen. Er schob mich von sich, als Samuel an meiner Seite stehen blieb. Beide Männer legten locker die Arme um mich.

»Begehrst du uns, Kleines?«

Ich schluckte schwer.

»Sie hat Angst«, stellte Samuel fest.

»Egal. Sie gehört jetzt uns.«

Daegans Hände strichen über meine Seiten, legten sich auf meine Brüste, liebkosten sie. Unwillkürlich entspannte ich mich unter seinen Berührungen, während ich Samuels goldenem Blick begegnete. Sein Augen leuchteten so hell.

Daegans Hände senkten sich und hielten mich an den Hüften fest. Samuel trat näher, beugte den Kopf herab und küsste mich. Es war beinah zu viel – Daegans Hände, die über meinen Rumpf streichelten, Samuels Hände an meinem Gesicht, sein Mund auf meinem, seine begierige Zunge.

Erregung durchströmte mich wie flüssiges Feuer.

Samuels Finger wanderten zu meinen Beinen, Daegan packte meine Hüften, und die beiden Männer hoben mich hoch.

»Wir werden dich jetzt nehmen«, flüsterte Daegan. »Du wirst deine eigene Lust und die unsere erfahren.« Mein Kopf baumelte an Daegans Brust zurück, als Samuel an meiner nassen Leibesmitte in Stellung ging.

Seine Härte rieb sich an mir. Ich schloss die Augen und spürte, wie sich jeder Teil von mir erwartungsvoll zusammenzog.

Dann ließ er meine Beine los, senkte sie zu Boden. »Nicht hier«, sagte er zu seinem Kriegerbruder.

Daegan übergab mich an Samuel, der mich hochhob und zurück in den Raum mit den Fellen trug. Die Arme hatte ich um sein Genick geschlungen, den Blick auf seine goldenen Augen geheftet.

»Ruhig, kleiner Schatz«, flüsterte er mir zu. »Du musst dich nicht fürchten.« Behutsam legte er mich auf den Fellen ab. »Wir werden dafür sorgen, dass du auf deine Kosten kommst.«

Wieder folgten die sanften Berührungen an meinen Beinen, die mich dazu verleiteten, sie zu spreizen. Diesmal ließ ich den Kopf zurückfallen und meine Gedanken wandern, um die Hände zu genießen, die meine Haut liebkosten.

»Wunderschön«, hauchte jemand in der Nähe meines Kopfes, und ich schlug die Augen auf. Daegan beugte sich über mich und küsste mich. Er schmeckte süß.

Indes küsste sich Samuel mein Bein entlang nach oben zu meinen empfindsamen unteren Lippen, wo er meine Liebes-knospe ertastete und leckte. Mit einem Krieger oben und einem unten, die mich beherrschten, meinen Körper forderten, wogte mein Höhepunkt über mich hinweg, und immer noch bearbeitete mich Samuel zwischen den Beinen. Daegans Lippen knabberten an meinem Hals und meiner Schlagader, bevor er zum Ohr weiterwanderte, in das er die Zunge schob. Ich spürte die Bewegung in meiner pulsierenden Scham. Mein Mund öffnete sich zu einem stummen Schrei.

»So ist's gut, Kleines«, lobte Daegan, dessen raue Stimme irgendwie sanft klang. »Nimm dir dein Vergnügen. Deine Herren befehlen es dir.«

Wieder erklomm ich den Gipfel und spürte, wie ich ein drittes Mal zu Ekstase aufstieg, bevor sich Samuel zwischen meine Beine schob und an meiner Pforte in Stellung ging. Meine Augen weiteten sich, doch ich war vor Wonne völlig erschlafft, konnte mich nicht rühren.

Er bewegte sich vorwärts, dehnte mich nur mit der Eichel. Dann hielt er inne und stöhnte.

»So eng.«

Daegan lag neben mir und hob den Vorhang meines Haars von meinem Hals, damit er den Mund auf die Haut drücken und daran saugen konnte. Die Empfindung erwies sich als zu viel. Mein Rücken wölbte sich durch, mein Körper sehnte sich nach Entladung, und Samuel glitt in mich.

Es fühlte sich herrlich an.

Samuel presste sich tiefer in mich und senkte sich über mich. Sein Stöhnen wurde lauter.

»So schön.« Er schnappte nach Luft. »Es ist so lange her.«

So behutsam und liebevoll mich Samuel vorbereitet hatte – als er zuzustoßen begann, hielt er sich nicht zurück. Seine Muskeln spannten sich an, als er in mich brandete, ein stetes Vor und Zurück, das meinen Körper auf den

Fellen hin und her wiegte. Mein Körper hieß ihn willkommen. Nässe strömte aus meiner wollüstigen Mitte.

Meine eigenen Muskeln spannten sich um seinen prallen Knüppel an.

»Brenna«, hauchte er geradezu ehrfürchtig. Eine große Hand legte sich mit gespreizten Fingern auf meine Brust und wanderte zu meiner Hüfte hinab. Dann packte er meine Hinterbacken und stieß gleichmäßiger in mich. Die rhythmischen Bewegungen ließen mich emporsteigen und jagten mich erneut über den Gipfel der Lust.

Ich krallte die Finger in die Felle. Samuel verlor die Beherrschung, stieß tief zu und ergoss sich in mich.

»So schön«, wiederholte er. Seine Stimme hörte sich wieder wie ein raues Knurren an. Er senkte sich herab und hauchte einen Kuss auf meine Lippen, dann nahm Daegan seinen Platz zwischen meinen Schenkeln ein.

Als der dunkelhaarige Krieger mich schnell und hart zu nehmen begann, trieb ich in eine andere Welt. Samuel spielte indes mit meinem Haar, fuhr mit einem Finger über meine Lippen und verteilte etwas von meinen Säften darüber. Zart zwängte er meinen Mund auf und ließ mich an dem Finger saugen, als Daegan der Entladung entgegenstrebte. Als der dunkelhaarige Krieger mit einem Aufschrei kam, fasste er nach unten und rieb meine kleine Liebesknospe. Das war zu viel, und ich versuchte, sein Handgelenk zu packen und ihn zu bremsen, doch Samuel zog meine Arme weg.

Daegans Grinsen füllte mein Sichtfeld aus, als die Erlösung erneut über mich hereinbrach. Mein Körper erzitterte.

Schlaff, verschwitzt und ausgelaugt lag ich auf den Fellen, während sich die Krieger gegenseitig beglückwünschten.

»Herrje, Bruder. Ich fühle mich wieder wie ein Mensch«, erklärte Daegan.

»Die Hexe hat die Wahrheit gesagt.« Samuel klang überaus zufrieden.

»Was für eine liebliche kleine Frau.« Daegan warf sich neben mich auf die Liegestatt. »Du bist genau, was wir gebraucht haben.« Er küsste mich, bevor seine Lippen eine Spur von meinem Mund zu meinem Hals zogen. Schließlich löste er sich von mir, richtete sich auf grinste zu Samuel hinüber.

»So sehr ich unseren Geruch an ihr liebe, unser kleiner Schatz braucht ein Bad.«

»Aber zuerst ein kurzes Nickerchen.« Daegan klang erfreut. Keiner der beiden Krieger wirkte in irgendeiner Form müde.

Benommen döste ich ein wenig ein. Mein befriedigter Körper wurde schwer wie ein Stein.

Am Rande bekam ich mit, dass Daegan meine Narben küsste. Ich zog das feuchte Haar darüber, um sie zu verstecken, und dachte über die vergangenen Minuten nach. Dabei versuchte ich, mich daran zu erinnern, was ich getan haben mochte. Hatte ich aufgeschrien? Hatte die Ekstase meiner Kehle irgendeinen hässlichen Laut entlockt? Wieder hatte ich mich ihnen hingegeben. Ich hatte die Selbstbeherrschung verloren.

Die Krieger lagen immer noch zu meinen beiden Seiten und redeten. Ihre allmählich erschlaffenden Ruten wippten noch feucht von meinen Säften durch die Luft.

Tränen lösten sich aus meinen Augen.

»Ach, Kleines«, redete Daegan beruhigend auf mich ein. »Es ist alles gut.« Er zog mich an sich, drückte meinen Rücken an seine Brust, bevor er sich so herumdrehte, dass wir Samuel zugewandt auf der Seite lagen.

Der blonde Krieger streichelte mein Haar und wirkte traurig. »Es tut mir leid, Brenna«, sagte er. »Ich wünschte, es hätte anders sein können. Wir hätten dich gern umworben.«

Ich blinzelte ihn an.

»Aber das ging nicht.« Sein Finger fuhr meine Lippen nach. »Wir hatten keine Zeit mehr.«

4

___

Als ich aus dem kleinen Nickerchen erwachte, wie es Daegan genannt hatte, war der dunkelhaarige Krieger verschwunden. Langsam hob ich den Kopf und betrachtete blinzelnd meine Umgebung. Die vergangenen Stunden – oder Tage? – war ich so überwältigt gewesen, dass ich mir nicht die Zeit genommen hatte, alles auf mich wirken zu lassen.

Hätte ich nicht auf einem Bett aus Fellen gelegen, ich hätte mich in einem Traum gewähnt.

Die mit Fellen übersäte Liegestatt befand sich in der Mitte des Raums, der sich in Wirklichkeit als große, aus dem Fels gehauene Höhle entpuppte. Neben der Feuerstelle standen Kohlenbecken aus Eisen wie Wächter verteilt und sorgten für zusätzliches Licht und mehr Wärme. Wer immer den Raum gestaltet hatte, musste eine Möglichkeit gefunden haben, für ungehinderten Luftzug zu sorgen, denn die Umgebung wirkte trotz des Feuers nicht stickig.

Das Bett roch immer noch nach Sex. Ein süßlicher Moschusgeruch hatte sich in den Fellen festgesetzt. Mein

Körper fühlte sich ausgeruht, aber klebrig an, bedeckt von den Ergüssen der Krieger.

Sie hatten ihren glitschigen Samen über meine Haut verteilt, während sie mir verraten hatten, warum sie mich zur Sklavin genommen hatten.

»Wir sind Krieger, Söldner«, hatte Samuel begonnen. »Wir haben schon für viele Herrscher gekämpft, und nun, da der Rote König in Frieden regiert, haben wir uns hierher zurückgezogen. Dieser gesamte Berg ist unser Zuhause.«

»Wir wollten eine Frau«, verriet Daegan grinsend.

Samuel nickte. »Wir haben eine Hexe befragt, wer für uns richtig wäre. Sie hat uns von dir erzählt, einer Frau mit dem Mal des Wolfs.« Dabei fuhr er zart mit einem Finger über mein Gesicht und näherte sich meinen Narben. Mein Haar fiel herab, bedeckte das Mal. Er zog es beiseite. »Das warst du, Brenna. Wir haben gesucht und gesucht und dich letztlich aufgespürt. Dein Stiefvater war bereit, Geld anzunehmen. Wir haben seine Gier geködert und dich uns geholt.«

Ich bemühte mich, nicht aufgebracht zu wirken. Sie hatten eine Hexe benutzt, um mich zu finden? Warum?

Sie hatten nach mir Ausschau gehalten? Nach mir *gesucht*? Ich konnte es kaum glauben.

»Du siehst also, Brenna, du bist auserwählt worden.«

Niemand hatte mich je gewollt, geschweige denn auserwählt.

»Wir wollten dich, Kleines«, beteuerte Daegan. »Als wir dich dann gefunden haben, wussten wir, dass du uns gehören wirst.«

Samuel nickte. »Du wirst unsere Lebensweise kennenlernen und eine von uns werden. Solange du uns gehorchst, wird es dir nie an etwas mangeln.«

»Es ist ein hartes, aber kein schlechtes Leben.« Daegan

streichelte meine Brust, bevor er mir hoffnungsvoll in die Augen sah.

Die beiden verhielten sich, als fürchteten sie, ich würde sie nicht akzeptieren. Dabei blieb mir doch gar keine Wahl. Mein Überleben hing davon ab, dass sie glücklich waren.

Nach unserem Gespräch ging Samuel. Daegan blieb, gab mir Essen und Wasser, behandelte mich wie ein verwöhntes Haustier, bevor er neben mir einschlief. Ich hatte noch eine Weile wach gelegen und über alles nachgedacht, was sie mir erzählt hatten, bis schließlich auch ich meiner Erschöpfung erlag.

Nun lag ich wach in der verwaisten Kammer. Das Feuer war heruntergebrannt, trotzdem war es noch warm genug, um sich von der Liegestatt zu erheben und sich umzusehen. Ich zog mir ein Fell um die Schultern, wenngleich es keinen Grund gab, sich züchtig zu bedecken.

Der offene Eingang der Höhle führte in einen Korridor. Ich überlegte, ob ich es wagen sollte, die Kammer zu verlassen – nackt, barfuß und ohne Ahnung, was sich draußen befinden mochte. Ich schritt die Reihe der Kohlenbecken ab und überprüfte mit Flucht im Sinn die Wände der Kammer auf Ritzen.

Ich spürte mehr, als ich hörte, dass sich jemand hinter mir befand. Ein Kribbeln wanderte mir das Rückgrat hoch, ein knisterndes Gefühl, das mir die Nackenhaare sträubte. Ich war nicht allein.

Als ich herumwirbelte, stellte ich fest, dass es sich lediglich um Samuel handelte, der sich gerade von dem Fellhaufen erhob, als hätte er geschlafen. Offenbar hatte ich seine große Gestalt nicht auf der Liegestatt bemerkt, weil ihn so viele Felle bedeckt hatten.

Der große Krieger setzte sich an den Rand des Bettes und rieb sich mit der Hand übers Gesicht.

»Der Wolf schläft«, murmelte er. »Es ist Jahre her, dass ich so erholsam geruht habe.«

Ich starrte ihn an.

»Komm her, Brenna.«

Der blonde Anführer erschien mir strenger als Daegan, doch er hatte mich aufgefordert, mich nicht vor ihm zu fürchten. Ich zwang mich, seinem Blick zu begegnen und unbeirrt zu ihm zu gehen, bis ich vor ihm stand. Sofern meine Hände das Fell um meine Schultern ein wenig enger zusammenzogen, schien er es nicht zu bemerken.

Seine Mundwinkel krümmten sich nach oben, als ich eine Armeslänge vor ihm innehielt.

»Hast du gut geschlafen?«

Ich nickte.

Seine Hand streckte sich mir entgegen, um mein Gesicht zu berühren. Schließlich neigte er meinen Kopf zur Seite. Ich schloss die Augen und zwang mich, nicht zu weinen. Denn ich hasste es immer noch, wenn jemand meine Narben so genau betrachtete.

Er bedeckte meine Hand mit seiner Pranke, legte die Finger auf meine Halsschlagader.

»Das ist nicht weiter schlimm«, meinte er. »Bloß eine Narbe. Ich habe viele.«

Ich starrte ihn an. Mein Mal war abscheulich. Das brauchte er mir nicht zu sagen.

Er seufzte.

»Ich wünschte, ich könnte mit dir reden.«

Meine Hand strich über die prallen Muskeln seiner Brust. Ein Finger entdeckte eine knorrige Narbe.

Er schenkte mir ein verhaltenes Grinsen. »Das war ein Pfeil, der mich im Kampf getroffen hat. Zu dem Zeitpunkt konnte ich ihn nicht fühlen, aber danach bin ich zusammengebrochen. Hat drei Tage gedauert, bis ich wieder auf den Beinen war.«

Ich streichelte die gezeichnete Haut. Er entfernte die Hand von meinem Hals, ergriff meine Finger und küsste sie.

»Du siehst also, Brenna, Narben sind keine Schandmale. Sie sind vielmehr Ehrenabzeichen, denn sie zeigen, was wir überlebt haben.«

Ich strich mir das Haar über den Hals und dachte über seine Worte nach.

Schließlich erhob er sich und forderte mich auf, in der Kammer zu bleiben. »Für dich ist es nicht sicher, dich hinauszuwagen, Kleines. Hast du verstanden?«

Ich nickte, und er ging. Kurz danach kehrte er mit Essen zurück. Ich war froh, dass ich seine Regel nicht auf die Probe gestellt hatte.

Der Geruch von gebratenem Fleisch erfüllte die Kammer und brachte meinen Magen zum Knurren. Als ich nach einem Weizenbrötchen griff, gab Samuel einen tadelnden Laut von sich.

»Ich will dich genauso füttern, wie es Daegan getan hat.«

Das war demütigend gewesen. Ich errötete. Meine Stirn legte sich in Falten. Mit einer Schmollmiene griff ich erneut nach dem Brötchen.

»Na, na, Kleines. Füg dich meinem Willen. Wenn du unartig bist, wirst du bestraft.« Samuel klang dabei nicht wütend, sondern eher zufrieden. Er setzte mich auf seinen breiten Schoß und führte Brocken für Brocken zu meinem Mund. Ich aß einen Bissen nach dem anderen, häufig von einem Kuss unterbrochen. Seine Lippen spielten mit den meinen. Das fühlte sich nicht unangenehm an, dennoch empfand ich es als ärgerlich. Immerhin war ich eine erwachsene Frau. Ich konnte allein essen.

Als er kurz abgelenkt war, schnappte ich mir etwas von dem Essen und bot es ihm an.

Ein Grinsen dehnte seine Lippen quer übers Gesicht, und seine muskulöse Brust erzitterte unter Gelächter. »Wir sind wohl stur, was? Tja, das ist gut. Wir brauchen eine Frau mit Temperament.«

Ich fütterte ihn so, wie er mich gefüttert hatte, wie ein Kleinkind. Samuel duldete es, schien es sogar zu genießen, und sei es nur, weil er es für lustig hielt.

Als wir fertig waren, schmiegte ich mich an seinen Körper, und auch das schien ihn zu freuen. Er tätschelte meinen Kopf und spielte mit meinem Haar, entspannt und ohne Eile.

Allmählich verstand ich, was sie damit meinten, dass ich sie beruhigte. Sie waren Krieger und daran gewöhnt, von Schlacht zu Schlacht zu ziehen. Es musste schön sein, zu einer Frau nach Hause zu kommen, die sie wie ein zahmes Haustier behandeln konnten. Sich ihre eigene Lustsklavin zu kaufen, war wohl praktischer, als den Berg zu verlassen, um sich ein Freudenmädchen zu suchen.

Ich seufzte, und Samuel schob mir das Haar aus dem Gesicht.

»Was denkst du wohl gerade, Kleines? Ich wünschte, ich wüsste es.«

Zum ersten Mal in meinem Leben war ich froh darüber, stumm zu sein, denn so konnte er mich nicht zwingen, es ihm zu sagen.

Stattdessen küssten wir uns, bevor seine Hand zwischen uns tauchte und meinen Schritt feucht vorfand. Er streichelte mich, bis meine Augen glasig wurden und mein Mund aufklappte. Dann grub er sich unter die Felle, schob den Mund zwischen meine Beine und leckte mich, bis ich den vertrauten Ansturm des Höhepunkts fühlte. Anschließend erhob sich Samuel über mich und nahm mich. Sein großer Körper wogte dabei über meinem, beherrschte mich, beanspruchte mich für sich.

Eine Zeit lang lag ich befriedigt da, und er ging irgendwann los, um Wasser zu holen. Müßig überlegte ich, ob es Tag oder Nacht sein mochte.

Samuel kam zurück und setzte mich wieder auf seinen Schoß.

»Du warst keine Jungfrau mehr«, stellte er in nüchternem Ton fest. »Hattest du einen Geliebten?«

Ich schüttelte den Kopf und strich mit den Händen mein Haar über die Narben.

Er runzelte die Stirn. »Er hat dich missbraucht, nicht wahr? Dein Vater.«

Stiefvater, stellte ich in Gedanken richtig und nickte. Ich schlug die Augen nieder und drehte den Kopf so, dass mir das Haar ins Gesicht fiel. Mein blonder Herr wischte die Strähnen behutsam beiseite.

»Du konntest dabei nicht mal schreien.«

Aber ich hatte mich zur Wehr gesetzt. Würden meine Schwestern genauso kämpfen können, wie ich es getan hatte?

Samuel deutete meine gequälte Miene falsch. »Du bist jetzt in Sicherheit. Er wird dich nie wieder anrühren.«

Seine Worte vermochten nicht annähernd, mich zu beruhigen. In diesem Augenblick würde mein Stiefvater zu Hause ... was verbreiten? Dass ich gestorben war? Dass Fremde gekommen waren und mich geraubt hatten?

Die Zwillinge waren noch sehr jung, aber meine nur wenig jüngere Schwester Fleur würde die Wahrheit erahnen: dass mich mein Stiefvater auf die eine oder andere Weise losgeworden war. Würde sie klug genug sein, die Zunge zu hüten? Oder würde sie den Mund aufmachen und sich dafür eine Tracht Prügel einhandeln? Wie bald würde mein Stiefvater anfangen, erst ihr und dann den zwei Jüngeren nachzustellen?

»He.« Mein blonder Herr ergriff mein Kinn. Ich blinzelte Tränen weg und versuchte, mich auf ihn zu konzentrieren. Ich durfte nicht an mein altes Leben denken, ich musste das Augenmerk darauf richten, zu überleben und zu fliehen.

»Jetzt ist alles gut, Liebes. Ich werde nicht zulassen, dass dir etwas passiert.« Die letzte Äußerung ertönte als Knurren, und ich verbarg meinen Schaudern angesichts der Erinnerung daran, was für ein Mann nun über mein Leben herrschte.

»Du hast noch viel zu lernen, aber du ... Die Hexe hat gut für uns gewählt.«

Seine Hand führte mein Gesicht nach vorn, und ich gab mich seinen Küssen hin, zuckte nicht einmal zusammen, als sein Mund meinen Hals hinabwanderte und sich auf die Narbe drückte. Diese Krieger schienen regelrecht besessen von dem Mal zu sein.

Um Samuel abzulenken, tat ich etwas Gewagtes. Ich senkte den Kopf und küsste die Pfeilnarbe auf seiner Brust. Scharf atmete er ein, als ich die erhabene Strieme mit der Zunge umspielte.

»Oh, Liebes. Du bist für uns erschaffen worden. Wir werden gut zu dir sein, das schwöre ich.«

Als er mich erneut küsste, betrat Daegan die Kammer. Wir lösten uns voneinander und beobachteten, wie der dunkelhaarige Krieger sein Wams und seine Stiefel ablegte. Mir fiel ein wenig Silber in seinem schwarzen Bart auf, das zu dem silbrigen Wolfsfell passte, das er trug.

»Wie war die Jagd?«, erkundigte sich Samuel.

Daegan zuckte mit den Schultern, trank einen Schluck

Wasser und wischte sich den Mund ab. Seine Augen blieben auf mich geheftet und leuchteten golden.

»Geh zu ihm, Brenna.« Samuel schmunzelte und meinte: »Gib meinem Bruder einen Kuss.«

Ich kroch über die Felle und lächelte zur Begrüßung. Der dunkelhaarige Mann grinste und nahm meine züchtige Berührung der Lippen entgegen, bevor er meinen Kopf in die Hände nahm und mich inniger küsste.

Als er fertig war, lehnte er einen Moment lang die Stirn an meine. »Danke, Mädchen.« Von da an schien er die Stimme wiedergefunden zu haben. Er und Samuel plauderten einige Minuten lang über die Jagd und andere Krieger, während Daegan etwas Fleisch aß und mir immer wieder kleine Stücke anbot. Ich nahm sie stumm entgegen, blieb in meiner Rolle, während ich die Ohren spitzte und auf etwaige Hinweise auf eine Fluchtmöglichkeit lauschte.

Schließlich fasste Daegan nach unten und zupfte an einer Strähne meines Haars. »Fühlst du dich wohl, Brenna?«

Ich zögerte kurz, bevor ich scheu nickte.

»Du bist so wunderschön.«

Diesmal zog sich mir bei dem Kompliment nicht alles zusammen. Diese Männer waren Krieger, die in einem Lager auf einem Berg festsaßen. Natürlich hielten sie die einzige Frau im Umkreis von hundert Meilen für das Schönste, was sie je gesehen hatten.

Ich lächelte ihn an, richtete mich auf die Knie auf und streckte mich ihm entgegen. Dann legte ich eine Hand auf seine Brust und spürte, wie sich die Muskeln unter meiner Haut anspannten, als ich ihn küsste. Er schmeckte nach Holz und Wildnis. Ich wollte mehr davon. Unwillkürlich legte ich den Kopf schief, wie es Samuel getan hatte, und spielte an seinem Mundwinkel, bettelte um seine Zunge. Er belohnte mich, schob sie mir tief in den Rachen.

Als wir fertig waren, hatte ich das Gefühl, am ganzen Leib zu lodern. Daegans Anmerkung bekam ich nur am Rande mit. »Sie lernt schnell.«

»Aye.«

»Mein Wolf ist ruhig«, merkte Daegan an, der mich nach wie vor festhielt.

»Genau wie meiner.«

»Das ist viel besser, als einen Priester zu suchen, der den Dämon austreibt«, befand Daegan mit einem verschlagenen Blick zu Samuel. »All das Beten, all die Opfer – und dabei hättest du nur eine holde Maid gebraucht, die mit dir schläft.«

Samuel knurrte, klang unglücklich. Mein Körper versteifte sich.

Einen Moment lang herrschte Schweigen. Die Kammer schien abzukühlen.

Daegans Hände fuhren beruhigend meinen Rücken auf und ab. Seine Mundwinkel krümmten sich zu einem verhaltenen Lächeln.

»Ich habe meinen Kriegerbruder betrübt.« Daegan drehte mich seinem blonden Gefährten zu, der mit trübseliger Miene an die Felswände starrte. »Es ist deine Pflicht, ihn wieder aufzumuntern. Geh zu ihm, Brenna.«

Mein dunkelhaariger Herr stellte mich auf die Füße und versetzte mir einen leichten Schubs. Die wenigen Schritte schienen eine Ewigkeit zu dauern. Mein Blick heftete sich auf Samuels starre Schulterpartie.

Aber ich ihn erreichte und eine Hand auf seinen Arm legte, entspannte er sich.

»Süßes Liebchen.« Er seufzte und zog mich zwischen seine dicken, muskulösen Beine. »So süß und rein.«

Obwohl er auf einem Stein saß und ich stand, überragte er mich. Ich beugte mich vor, um ihn zu küssen, und ich spürte, wie sein Bart mein Gesicht streifte, weicher, als er aussah.

Seine großen Hände hoben sich und ergriffen meinen Kopf. Ich rechnete damit, dass er mich erneut küssen und seine Finger zum Einsatz bringen würde, um mich zu liebkosen und darauf vorzubereiten, wieder von ihm genommen zu werden. Aber er schien damit zufrieden zu sein, mich nur festzuhalten.

Daegan bewegte sich durch die Höhle und schürte die Kohlenbecken. »Vielleicht erzählst du unserer kleinen Retterin die Geschichte.«

Samuel warf seinem Kriegerbruder einen verärgerten Blick zu, aber die Anspannung floss aus ihm ab, als er das Wort ergriff.

»Ich wurde im hohen Norden geboren. Jenseits des Meeres, eine Fahrt von einigen Tagen. Ich hatte dort ein Leben und eine Familie, aber ich war ein Krieger in Diensten meines Königs.«

»Sag ihr deinen Namen«, warf Daegan mit einem schnaubenden Lachen ein.

»Mein Name war Sigmund, wie der Vater meines Vaters.« Flüchtig trat ein Lächeln auf Samuels Lippen, verblasste jedoch rasch wieder. »Dann kam eine Hexe – eine *Völva*, wie wir Normannen sie nennen. Sie wirkte Zauber für den König. Und sie behauptete, sie würde uns unbesiegbar machen. Wir alle sind gegeneinander angetreten, um die Besten zu küren, die des Zaubers würdig wären. Und als es soweit war, hat sie uns in Ungeheuer verwandelt.« Abwesend streichelte seine Hand mein Haar.

»In große Krieger«, warf Daegan ein. »Im Blutrausch unaufhaltsam.«

»Aye«, pflichtete ihm Samuel bei. »Aber die Bestie frisst

unsere Menschlichkeit.« Der Blonde verfiel in missmutiges Schweigen.

Daegan kam näher, um mir den Rest zu erklären. »Samuel hat Norwegen verlassen, um für seinen König zu kämpfen, und sein Schwert letztlich gegen Bezahlung angeboten. Als ich ihm zum ersten Mal begegnet bin, hat er dem Weißen Christen die Gefolgstreue erklärt und seinen Namen von Sigmund in Samuel geändert.« Daegan betrachtete seinen Kriegerbruder. »Du hast gedacht, die christliche Magie würde dich heilen.«

Der blonde Hüne nickte traurig. »Aber das hat sie nicht. Ich habe gefastet und gebetet, doch die Bestie wurde nur stärker.«

»Wir haben sie gezähmt.«

Samuels hob die goldenen Augen und sah mir ins Gesicht. »*Brenna* hat sie gezähmt.«

»Aye.«

Ich legte die Stirn in Falten, schaute vom einen zum anderen.

»Du besänftigst den Wolf«, fügte Samuel hinzu.

Ich nickte, denn irgendwie spürte ich, dass es wichtig war, auch wenn ich es nicht verstand.

»Kleines, du hast ja keine Ahnung, wie kostbar du bist.«

Dann wurde Samuel des Redens überdrüssig, denn er nahm mein Gesicht in die Hände und küsste mich, und ich lehnte mich dem Sog seiner Lippen entgegen. Sein Mund eroberte den meinen, versprach mir stumm jede Menge Freuden, bevor er sich meinen Hals hinabküsste und an der empfindlichen Haut saugte. Mein Kopf baumelte zurück. Daegan war zur Stelle, schob mein Haar beiseite und küsste meine andere Schulter.

Zu spät erkannte ich, dass seine Lippen meine Narben nachfuhren.

Da war es an mir, den Körper zu versteifen, und an ihnen, mich zu beruhigen.

»Komm mit, Mädchen.« Daegan zog mich zu der Kammer mit den Quellen, wo er mich gründlich badete, mir Öl in jede Ritze rieb, es abschabte und mich aufforderte, mich abzuspülen.

Ich gehorchte und war froh, mich von ihrem Samen zu befreien, obwohl mich das Gefühl beschlich, dass sie mich schon bald wieder damit überziehen wollen würden.

Als Daegan fertig mit mir war, reichte er mir das Öl und die Strigilis.

»Du bist dran, Mädchen.« Grinsend drehte er mir den Rücken zu. Eine lange Weile rieb ich mit den Händen über seine Breite und genoss das Gefühl jedes einzelnen Muskels. Die großen, prallen Stränge an seinen Schultern, die langen, straffen entlang seines Rückgrats und die kleineren, hubbeligen um seine Rippen.

Er schnurrte praktisch, als ich ihn einrieb. Als ich das Öl mit der Strigilis vorsichtig abschabte, legte er leicht die Stirn in Falten. Schließlich tauchte er platschend in das Becken, richtete sich auf und schüttelte sich Wasser aus dem Haar.

Ich wartete am Rand des Beckens. Er bedeutete mir, mich zu ihm zu gesellen, und er grinste, als ich zögerte. Mein Haar war beinah trocken.

Er kam auf mich zu. Tropfen spritzten von ihm, als er mit einem verspielten Ausdruck im Gesicht auf mich zuwatete. Ich wich ein Stück zurück, bevor ich beschloss, das Wagnis einzugehen und wegzurennen.

Nach wenigen Schritten holte er mich ein, warf mich über seine Schulter und trug mich zum Becken, tauchte mich darin unter. Ich wurde verärgert und verstand allmählich, warum Samuel seinen Kriegerbruder manchmal ein wenig frustriert ansah. Ich klatschte ins Wasser, spritzte es in seine Richtung.

Er packte mich wieder. »Kleines, du bist mutiger, als gut für dich ist, wenn du dich mit mir anlegst.«

Keine Ahnung, was mich in jenem Moment beseelte, doch ich tat so, als würde ich ihn beißen.

Seine Augen leuchteten auf, und er rang mit mir. Seine Bewegungen waren schnell, behände und nach wie vor verspielt. Ich merkte deutlich, dass er nicht annähernd seine volle Stärke zum Einsatz brachte.

Und dennoch: Als er mich erneut untertauchte, entwand ich mich ihm, schwamm weg, tauchte auf und streckte ihm die Zunge heraus. Mit strahlenden Augen hetzte er mir knurrend hinterher, womit er mir einen Moment lang echte Angst einjagte. Als er mich jedoch fing, erwiesen sich seine Hände als zärtlich.

»Hab dich«, brummte er, und mein Herz schlug schneller. »Jetzt gehörst du mir.« Er hob mich hoch und trug mich zum trockenen Fels, setzte mich auf einem liegenden Stein ab. Ich lag ausgestreckt vor ihm wie ein Opfer auf einem Altar, während sich meine Brust heftig hob und senkte. Was würde er mit mir anstellen?

»Lieg jetzt still, Brenna. Ich hole mir meine Belohnung.«

Ich verharrte, während er davonging, um etwas zu holen. Allerdings setzte ich mich unwillkürlich auf und schrak ein wenig zurück, als er zwei Gegenstände neben mir ablegte: ein Glas mit Öl und eine Klinge.

»Schhh, ist schon gut, Mädchen. Beruhig dich. Ich werde dich nur rasieren.«

Sein Ton entspannte mich, dann jedoch begriff ich die Bedeutung seiner Worte, und ich rappelte mich hastig auf. Prompt fing er mich ein und legte mich wieder hin.

»Na, na, Brenna.«

»Brauchst du Hilfe, Bruder?« Samuel trat ein, nur mit einem Lendenschurz um die mächtigen Hüften. Bevor ich wusste, wie mir geschah, saß der blonde Krieger hinter meinem Rücken, hielt mich in den Armen und zog meine Beine auseinander.

»Schhh«, machte Samuel, während Daegan das Öl vergoss. »Sei für meinen Kriegerbruder brav.«

»Ich werde dir nicht wehtun, Mädchen«, beteuerte Daegan leise. Seine Finger streichelten meine Schamlippen, beschichteten sie großzügig mit Öl. »Rühr dich nicht, dann werde ich dich mit der Klinge auch nicht ritzen. Du wirst herrlich weich und glatt für uns sein.«

Mit einem verruchten Lächeln begann Daegan, die Klinge zu schärfen. Ich wand mich auf Samuels Schoß.

»Ruhig, Brenna.« Die Stimme des blonden Hünen ließ meinen Körper erstarren. »Das ist unser Wunsch. Und du wirst gehorchen.«

»Und falls du es nicht tust, wäre es ein Vergnügen, deine Bestrafung zu bezeugen«, fügte Daegan zwinkernd hinzu.

Meine Augen wurden groß. Drohten sie etwa, mich zu schlagen, obwohl sie ständig davon redeten, wie gut sie sich um mich kümmern würden?

Samuel seufzte und erklärte mir Daegans Anspielung. »Deine Bestrafung wäre nicht grob.«

»Wir würden dir nur ein bisschen den Hintern versohlen.« Bei der Aussicht darauf wirkte Daegan geradezu entzückt. »Obwohl dein Po brennen würde, weil er nass ist. Willst du das, Brenna?«

Ich schüttelte den Kopf.

»Braves Mädchen. Also leg dich hin und entspann dich, dann sorge ich dafür, dass du ganz glatt wirst und wir dich umso besser lecken können.« Der schwarzhaarige Krieger näherte sich mit der Klinge, und ich tat mein Missfallen kund, indem ich austrat.

»Oh, sei vorsichtig, Mädchen, das Messer ist scharf.«

Doch ich war nicht in der Stimmung, mich beschwichtigen zu lassen. Während des vergangenen Tages hatte ich mich in der Gegenwart der Krieger zu wohl gefühlt, hatte meine Angst zu sehr vergessen. Als mich Samuel fester umklammerte, näherte sich seine Hand meinem Mund, und ich biss ihn.

Er schmunzelte nur und legte die Hand über meinen Mund. »Du beißt uns jetzt schon? Und nicht mal vor lauter Leidenschaft. Ach, Kleines, du bist so mutig.«

Bevor ich wusste, wie mir geschah, hatte er mich herumgedreht und über sein Knie gelegt. Seine Hand klatschte einmal auf meinen Hinterteil. Es tat nicht weh, doch ich wusste, es war lediglich eine Warnung.

»Deine Entscheidung, Brenna. Lass die Rasur oder deine Bestrafung über dich ergehen. Ich kann dir den Hintern so lang und so hart versohlen, wie du willst.«

Ich traf eine Entscheidung, fing an zu zappeln und versuchte, mich von seinem Schoß zu kämpfen. Meine Gegenwehr bewirkte nicht das Geringste. Ein großes Bein drückte mich nieder, und er fing mühelos meine fuchtelnden Hände ab, bevor er mir erneut auf den Hintern klatschte. Der Schlag ließ mich erstarren. Er fiel nicht ganz stark genug aus, um zu brennen, ließ aber erkennen, dass er es ernst meinte.

»Das war Nummer eins.«

Ich wehrte mich weiter, und als er mir auf die andere Pobacke klatschte, verschlug mir die Wucht den Atem. »Das Nummer zwei.« Das Brennen breitete sich aus und riet mir, dieses wahnsinnige Experiment zu beenden und zu gehorchen.

Unterwürfig ließ ich den Körper über seinen Beinen erschlaffen.

Daegan schmunzelte. »Anscheinend hat sie ihre Lektion gelernt.«

Zorn flammte in mir auf. Anscheinend hatte ich mich von ihrer verhätschelnden, sanften Behandlung einlullen lassen und den gesunden Menschenverstand verloren.

Samuel hob die Hand an mein Gesicht. »Küss mich, um mir für deine Bestrafung zu danken.«

Kurz dachte ich darüber nach, dann versuchte ich erneut, ihn zu beißen. Eine Dummheit, wie mir bald klar wurde.

»Noch nicht ganz«, sagte Samuel zu Daegan. »Aber gleich.« Die große Pranke des Blonden sauste herab und bedeckte mein gesamtes Hinterteil. Der Schlag schmerzte, dabei benutzte der Krieger offensichtlich nur einen Bruchteil seiner vollen Kraft. Es war völlig anders als die Tracht Prügel, mit der ich gerechnet hatte, und letztlich fühlte es sich beinah angenehm an, weil die Krieger regelmäßig innehielten und meinen Hintern rieben. Die Massage dämpfte das leichte Brennen. Nach einigen Minuten fühlte ich mich warm und leicht, sogar, als Samuel den Takt seiner Schläge steigerte. Sie prasselten härter und härter auf mich ein, dann endeten sie.

»Ist sie so weit?«, fragte Daegan.

»Aye.« Samuel schob die Finger zwischen meine Beine. »Sie ist klatschnass.« Er spielte an meinen unteren Lippen, bis meine Hüften leicht zuckten.

»Nun, Brenna? Bist du bereit, brav zu sein? Falls ja, bekommst du von uns eine Belohnung ...«

Ich ließ meinen Körper auf Samuels Schoß erschlaffen.

»Kluges Mädchen.« Samuel lachte und massierte mir den Rücken und den Hintern. Was ich an vernachlässigbarem Schmerz verspürt hatte, legte sich schnell und wich einem tiefen, sehnsüchtigen Verlangen.

Mein Gesicht war gerötet, mein Körper entspannt, als mir Samuel aufhalf. Die zwei Krieger stützten mich zwischen sich und rasierten mich zu Ende, während ich mich fügte und verzweifelt kommen wollte.

»Na also. Ganz glatt.« Ich spürte heißen Atem an meinen unteren Lippen und seufzte. »Jetzt zu deiner Belohnung.«

Daegan nahm sich Zeit, wirbelte mit der Zunge um meine frisch rasierte Mitte, während mich Samuel festhielt und meine Brüste streichelte.

Obwohl ich gefangen war und einen gezüchtigten Hintern hatte, fühlte ich mich behaglich und sicher. In nur wenigen Tagen hatten mich diese Krieger zur vollkommenen Lustzofe geformt. Ich staunte darüber, wie wohl ich mich in meiner neuen Rolle fühlte. Zum ersten Mal in meinem Leben hatte ich den Eindruck, wahrhaftig akzeptiert und geliebt zu werden.

Die unverhoffte Erkenntnis ließ mich blinzeln. Besorgnis flammte in mir auf, hielt sich jedoch in meinem entspannten Zustand nicht lange. Gefährlicher als Gewalt und Prügel waren Bande der Freundlichkeit und Liebe. Sie hielten mich hier fest und ließen mich vergessen, wer ich in Wirklichkeit war: Brenna, von Narben gezeichnet und als Sklavin verkauft – die Einzige, die sich zwischen meine Schwestern und meinen lüsternen Stiefvater stellen konnte.

Der Gedanke schwirrte mir durch den Kopf, doch bevor er wurzeln konnte, bewegte sich Daegan zwischen meine Beine, und ich richtete die Aufmerksamkeit auf ihn.

»Gefällt dir dein glattes Schlitzchen?« Er legte die Wange an meinen Schenkel. Sein Bart kratzte ein wenig. Nässe strömte aus mir, und als er tief einatmete, leuchteten seine Augen heller. Er begann, die Innenseiten meiner

Schenkel und meine weichen Lippen mit Küssen zu überziehen, wartete offenbar darauf, dass ich zugab, ich hätte mich umsonst gewehrt.

Mit zusammengebissenen Zähnen fasste ich nach unten und versuchte, seinen Kopf nach vorn zu ziehen und zu zwingen, mich so zu lecken, wie ich es mochte. Überrascht fing Daegan meine Hände ab.

Samuel kicherte so ausgelassen, sein Lachen schüttelte mich förmlich durch, als ich mich an seine Brust zurücklehnte. Ich schleuderte ihm einen verärgerten Blick zu.

»Sie wird verwegener«, meinte Samuel in anerkennendem Ton zu Daegan.

»Aye, sie ist eine Beherzte. Aber es ist ein Vergnügen, sie zu belehren.« Daegan hielt meine Hände weg und benutzte die Zunge, um mich zu bändigen, indem er über meine weiche, nasse Spalte auf und ab leckte, bis ich mich krümmte und nach Luft schnappte. Mit einem verruchten Lächeln löste er sich von mir.

»Was sagst du, Brenna? Bist du froh, rasiert zu sein?«

Finster starrte ich ihn an, und er piesackte mich ein wenig mehr. Schließlich nickte ich heftig und bettelte stumm um Erlösung.

»Braves Mädchen«, lobte er mich und setzte einen Finger und zarte Küsse an meiner Lustknospe ein, um mich mit zuckendem Leib in den Abgrund der Ekstase zu stürzen. Allzu bald küsste und leckte er mich wieder, und der Bogen des Verlangens spannte sich erneut in mir.

Während er der Stelle zwischen meinen Beinen huldigte, tauchte einer seiner Finger tiefer und betastete zart meine hintere Öffnung. Ich krampfte sie zusammen, und er warf mir einen schelmischen Blick zu.

»Eines Tages, Kleines«, kündigte er mir an. »Ich werde dich hier nehmen, während mein Bruder deine Spalte nimmt, und wir werden dich zusammen für uns beanspruchen.« Als sein Finger begann, rhythmisch in meine hintere Öffnung und aus ihr zu gleiten, knautschte ich die Züge zu einer Grimasse zusammen.

Daegans Lachen hallte durch die Kammer.

»Dir gefällt nicht, wie das klingt, Mädchen?«

Mit nach wie vor gerunzelter Stirn krümmte ich mich von seinem Finger weg.

»Brenna«, warnte Samuel und hielt mich fester.

»Ist schon gut, Bruder«, beschwichtigte Daegan. »Brenna, du glaubst nicht, dass ich dafür sorgen kann, dass es sich gut anfühlt?«

Bevor ich nicken oder den Kopf schütteln konnte, tauchte er ab und stülpte die Lippen auf meine überreizte Knospe. Ich versuchte, ihm zu entkommen, doch zusammen vereitelten Samuel und er meine Flucht vor Daegans beharrlicher Zunge. Mein Mund öffnete sich zu einem leisen Japsen, und Samuel krallte die Hand in mein Haar, drehte meinen Kopf, um meinen Mund zu beanspruchen. Ich keuchte schwer, und Samuel zog sich zurück, knabberte stattdessen an meinen Lippen. Zwischen meinen Beine tat es ihm Daegan gleich, leckte mich und saugte an mir, bis ich unter Samuels Kuss nach Luft schnappte.

Im Verlauf der nächsten Minuten lernte ich etwas über meine zwei Krieger: Sie dachten dasselbe. Einer schob mir die Zunge forsch und besitzergreifend in den Mund, während mir der andere die Zunge in die Liebesspalte schob. Mein Mund klappte schlaff auf, die Lider senkten sich halb über meine Augen, als sich die beiden Männer an meinen Lippen gütlich taten, der eine oben, der andere unten. Schließlich verlagerte Samuel seine schnuppernden Küsse zu meinen Ohren, während Daegan zwischen meinen

Schenkeln verharrte und meine Lustperle verwöhnte, bis ich auf den Fellen erschauderte.

In der Trägheit nach meiner Entladung erkannte ich, dass sich Daegan weiter vorgewagt hatte und mit der Zunge zwischen meinen Hinterbacken leckte. Es fühlte sich gut an, dennoch versuchte ich, die Beine zu schließen und ihm den Zugang zu verwehren. Mit einem leisen Knurren fixierte er meine Schenkel, packte meine Pobacken, zog sie auseinander und tauchte heftig die Zunge in mein dunkles Loch.

Ich wollte nicht, dass es sich schön anfühlte – aber das tat es. Ich hielt mir vor Augen, dass er mich gründlich gewaschen hatte. Gleichzeitig war ich froh, als er zwei Finger an meiner Spalte hinzufügte und meine empfindsame Knospe zu einem weiteren erschütternden Höhepunkt streichelte.

»Ist sie bereit für eine gute, harte Rammelei?«, wollte Daegan von Samuel wissen, als ich zuckend auf den Fellen lag.

»Dafür wurde sie geboren«, antwortete Samuel mit knurrendem Unterton und schwang sich über mir in Position. Ein, zwei Minuten lang küsste er meine Brüste und rieb das bärtige Gesicht daran, um mich vom Gipfel der Ekstase herabschweben zu lassen, bevor er meine Beine spreizte, an meiner nassen Spalte in Stellung ging und in mich glitt. Erneut setzten die Schockwellen ein. Ich zuckte auf seinem in mich eindringenden Prügel. Seine Männlichkeit dehnte mich, doch meine nasse Pforte nahm ihn mühelos auf.

Er nahm mich hart, und ich steckte es weg, als wäre ich dafür geschaffen worden, auf seiner gewaltigen Härte auf und ab zu wippen. Ich hob die Beine und schlang sie um seine Hüften, damit er noch tiefer zustoßen konnte. Er kam mit einem Fluch.

Ohne Federlesens zog sich Samuel aus mir zurück.

Seine noch harte, glänzende Rute stand wie ein Speer von den Hüften ab, als Daegan seinen Platz einnahm. Der schwarzhaarige Krieger stieß mit einer großen Gier zu, die meinen Kopf zurückfliegen ließ. Kurz hielt er inne, bevor er ausholte und erneut zustieß.

Der Höhepunkt brodelte tief aus meinem Innersten hoch und zerbrach mich beinah. Ich japste und keuchte und krallte die Finger in die Felle.

»Siehst du, wie es sein wird, Mädchen? Zwei Männer, die nicht genug von deinem Körper bekommen. Wir werden dich zum Höhepunkt hämmern und dann für ein ordentliches Arschrammeln herumdrehen, während einer deinen süßen Mund nimmt. Dann folgen eine lange Erholungspause und ein Bad, bevor wir es noch mal tun.«

Er zog sich aus mir zurück und rollte mich auf den Fellen auf den Bauch herum. »Öl, Bruder. Dann wird sie auch mit etwas im Hintern Lust empfinden.«

Daegan schob sich zurück in meine nasse Hitze, fügte jedoch einen Finger in meine Hinterpforte hinzu, drehte und bewegte ihn in mir vor und zurück. Mein Körper krampfte sich um den eingeölten Eindringling zusammen. Ich fühlte mich zum Zerreißen ausgefüllt.

Samuel trat vor mich hin und setzte seinen Schwanz an meinem Mund an.

»Leck mich«, befahl er knurrend, packte mein Haar und führte meinen Mund zu seinem Glied, damit ich es säuberte.

So vergnügten sie sich eine ganze Weile mit mir. Samuel ließ sich von meiner Zunge wieder hart lecken, während Daegan meinen Hintern massierte und meine dunkle Pforte fingerte. Sein bestes Stück blieb in meiner Spalte vergraben.

Schließlich wurde Daegan des Spiels mit meinem Allerwertesten überdrüssig. Samuel zog sich aus mir zurück und massierte sich vor meinem Gesicht weiter, während sich sein Kriegerbruder hart in mich rammte. Beide kamen im Abstand von nur wenigen Sekunden. Daegan umklammerte dabei meine Hüften so fest, dass Male zurückblieben, während Samuel mein Gesicht mit seinem Samen bemalte.

Sie verbrachten noch etwas Zeit damit, ihre Ergüsse über meine Haut zu verteilen, um ihren Anspruch auf mich zu untermauern, bevor sie mich wuschen und zur Liegestatt trugen.

5

Die Zeit verging, und ich wusste nicht, wie lange ich schon in der Höhle weilte. Es musste mehr als eine Woche sein, denn meine monatliche Blutung kam und ging. Die Krieger verhätschelten mich in der Zeit wie immer, brachten mir Essen und führten mich zum Baden.

So ging es bis nach dem Ende meiner Menstruation weiter. Ich fing an zu genießen, wie sie mich verwöhnten und umsorgten, obwohl ich wünschte, ich könnte mich mit ihnen verständigen. Manchmal lagen sie faulenzend herum und sprachen von ihren vergangenen Errungenschaften als Krieger. Sie schienen mehr als genug Schlachten für drei Lebzeiten geschlagen zu haben. Bisweilen erwähnten sie Könige mit fremdländischen Namen oder Könige, von denen ich schon gehört hatte, die aber vor langer Zeit gestorben waren.

Wenn es mir möglich gewesen wäre, ich hätte sie nach ihrer Vergangenheit gefragt und mich erkundigt, wie es sich begeben hatte, dass sie als Berserker-Clan auf einem Berg lebten. Manchmal kehrten sie von der Jagd zurück. Dann rochen sie nach Blut und hatten dieses seltsame goldene Leuchten in den Augen. Irgendetwas an ihrem Gebaren jagte mir ein Kribbeln über den Rücken, als wären sie Raubtiere und ich Beute. Sie aßen, badeten und schliefen, dazwischen sprachen sie gebrochene Brocken in rauen, kehligen Tönen.

Aber größtenteils trieben sie es mit mir.

Ihre Hände und ihr langes, kitzelndes Haar übertrugen ihr Verlangen auf meine Haut, bis mein gesamter Leib bebte und bereit war. Dann bestieg mich der eine oder der andere.

Ich wusste nie, ob Morgen oder Abend herrschte, wenn ich eingebettet zwischen zwei großen, warmen Körpern erwachte. Ihr langes Haar strömte über meine Haut und vermischte sich mit meinem eigenen Haar. Mit angehaltenem Atem lauschte ich, doch sie waren nicht wach. In der Regel weckten sie mich, indem sie mich mit erregten Händen streichelten, mich in Position drehten, mit den Mündern meine empfindsamen Stellen erkundeten, bis ich keuchte und für sie bereit war. Dann wechselten sie sich dabei ab, mich hart und schnell zwischen die Beine zu rammeln.

Mich ließen sie ständig nackt, und meist trugen sie selbst keine Kleidung außer einem Lendenschurz aus Leder. Sie schienen immer hart und bereit für mich zu sein.

Ich rührte mich ein wenig und spürte prompt, wie eine steife Länge an meinem Bein anschwoll.

Unwillkürlich spürte ich, wie mich die Lust überkam, mich eroberte, und zum ersten Mal seit einem Mond war ich vor ihnen bereit.

Eindringlich betrachtete ich Samuels wunderschöne, schlafende Züge, während meine Finger sein Glied ertasteten und mit hauchzarten Bewegungen streichelten. Der Schaft wuchs unter meiner Berührung, wurde länger, als ich es für möglich gehalten hätte.

Hinter mir seufzte Daegan. Ich streckte einen Arm zurück und suchte mit einem forschenden Finger seine stattliche Männlichkeit.

Meine zierlichen Hände umschlangen sie, nahmen sich Freiheiten heraus.

Ein weiteres Seufzen hinter mir, gefolgt von einem von Samuel, und als ich aufschaute, sah ich, dass ein verhaltenes Lächeln die Lippen des blonden Mannes umspielte.

»Da ist jemand wach«, stellte er fest. Er schlug die Augen auf, und ich blinzelte angesichts des hellen golden Scheins darin.

»Meinst du, sie ist bereit für uns?« Daegan hauchte mir ins Ohr, und ich hörte das Lächeln in seiner Stimme.

»Immer.« Samuel rappelte sich auf die Hände und Knie, dann rollte er mich unter sich.

Als es vorbei war, lagen unsere Körper ineinander verschlungen auf den Fellen.

»Kaum vorstellbar, wie lange wir ohne das ausgekommen sind«, meinte Samuel. Seine Finger strichen über meine Wange. Im Verlauf der Zeit hatten sie größtenteils aufgehört, meine Narben zu berühren, doch es störte mich gar nicht mehr so sehr, wenn sie es taten. Ich befand mich bereits so lange auf dem Berg, dass mir der Rest meines Lebens beinah wie ein Traum vorkam.

Während sich Daegan erhob und die Kohlenbecken schürte, streichelte Samuel weiter mein Gesicht und mein Haar. In seinem Blick lag ein Hauch von Wehmut. »So jung und lieblich. Die Schönheit einer Blume, dazu bestimmt, zu verblassen.«

Meine Stirn legte sich in Falten.

»Es ist nicht gut, darüber nachzudenken, Bruder«, rief Daegan herüber.

»Mein Bruder hat noch nie eine Frau in sein Heim mitgenommen oder in sein Herz gelassen.« Samuel sah mich an, doch ich konnte seine Verärgerung über Daegans Äußerung fühlen. »Er ist auf andere Weise zu einem Berserker geworden und hat nie ein anderes Leben gekannt.«

»Ich bin trotzdem von Hexengeburt«, beschwerte sich Daegan. »Widernatürlich.«

»Ein Monster«, pflichtete Samuel ihm bei. »Wie ich.«

Mir gefiel nicht, wohin das führte. Meine beiden Krieger wirkten auf einmal so traurig, und als Gefangene in diesen zwei Kammern waren sie zu meiner gesamten Welt geworden. Mir kamen sie nicht wie Monster vor. Groß und grausam, zugleich jedoch zärtlich und freundlich. Zumindest mir gegenüber.

Ich dachte an all die Geschichten, die sie erzählt hatten. Bei manchen ging ich davon aus, dass es sich um die Legenden großer Helden von einst handelte. Aber ich hatte von Harald Schönhaar gehört, dem König, der den hohen Norden geeint hatte. Er stammte aus alten Zeiten, hatte viele Könige vor unserem eigenen Roten König geherrscht. Wie konnte Samuel, der vormals Sigmund hieß, für einen Gebieter gekämpft haben, der vor so vielen Jahrhunderten gestorben war? Das ergab keinen Sinn für mich. Wie alt waren meine beiden Krieger? Fragen konnte ich sie nicht, aber ich suchte nach Hinweisen.

»Was meinst du, Liebes? Ist es einfacher, als Monster geboren oder in eines verwandelt zu werden?«

»Du hast dich für den Hexenfluch entschieden«, warf Daegan ein.

»Was ich nicht getan hätte, wenn mir die Wahrheit

bekannt gewesen wäre. Ich habe nicht immer als Monster gelebt. Ich hatte eine Familie. Das hattest du nie.«

»Ich habe mich nach einer gesehnt«, kam von Daegan, und ich merkte ihm an, dass er gereizt war.

»Mein Wolfsbruder versteht nicht, was ich verloren habe«, erklärte mir Samuel, und Daegan ließ ein leises Knurren vernehmen, während er sich um den äußeren Rand der Kammer bewegte.

Beunruhigt spähte ich zu dem dunkelhaarigen Krieger zurück.

Plötzlich schaute Samuel reumütig drein. »Ruhig, Liebes. Wir werden dir nicht wehtun.«

»Das ist ein alter Streit.« Frustriert blies Daegan den Atem aus.

Ich blieb dennoch beunruhigt. Das gefiel mir nicht. Ich legte die Hand auf Samuels Schulter und drückte sie. Er ergriff meine Finger und küsste sie. Ich streckte den anderen Arm in Daegans Richtung, und er kam näher.

»Unsere Kleine mag es nicht, wenn wir uns streiten«, merkte Samuel an, klang dabei jedoch nicht aufgebracht. Er hielt meine Hand in seinen riesigen Pranken, rieb sie, massierte sie, streichelte sie behutsam, als wäre sie ein zerbrechliches Vögelchen.

»Sie weiß ja, wie man uns beschwichtigt. Komm, Brenna.« Daegan zog an meiner Hand. »Lass uns dir etwas Neues beibringen.« Er legte ein Fell vor die Liegestatt und half mir, mich vor Samuel zu knien.

»Wann immer ich meinen Bruder erzürne, liegt es an dir, ihn zu beruhigen.«

Mit einem verhaltenen Lächeln schob Samuel seinen Lendenschurz beiseite, entblößte sich.

»Berühr ihn«, murmelte mir Daegan ins Ohr. Der

dunkelhaarige Krieger kauerte sich hinter mich und wies mich an, als ich Samuels Schaft in die Hand nahm und streichelte.

»Jetzt in den Mund, Kleines«, erklärte er mir.

Als meine Lippen über sein Teil strichen, schloss Samuel die Augen. Das betrachtete ich als gutes Zeichen.

In Wirklichkeit gefiel es mir, Möglichkeiten zu finden, die beiden zu erfreuen. Auf den Knien vor dem großen Krieger fühlte ich mich zufrieden.

Meine Zunge berührte seine pralle Härte, die prompt ein Zucken durchlief. Zuerst umkreiste ich die rosa Eichel, bevor ich den Kopf auf Daegans Drängen hin vorschob, um mehr aufzunehmen. Samuel erwies sich als zu üppig für mich, um ihn besonders weit in den Rachen zu bekommen, aber ich bemühte mich bestmöglich, bewegte den Kopf zurück und wieder nach vorn.

Daegans Finger strichen durch mein Haar. Gleichzeitig führte er meinen Kopf rhythmisch auf und ab, bis Samuel den Körper versteifte und kam. Samen ergoss sich aus meinem Mund und lief mir über die Brust.

Samuel setzte sich auf und fütterte mich mit mehr davon, verteilte ihn über meine Lippen und meine Brüste, bevor er mich küsste.

»Du riechst nach meinem Samen«, brummte er zufrieden. Seine goldenen Augen leuchteten.

»Ich bin dran.« Daegan packte eine Handvoll meiner Haare und zog behutsam daran, um mich zu ihm zu leiten. Ich richtete mich auf den Knien auf und ließ ihm dieselbe Behandlung angedeihen. Mit dem dunklen Haar und den goldenen Augen wirkte er wild wie ein sündhaftes Tier. So sanft er mich angespornt hatte, als ich seinen Bruder bediente, Daegan nahm mich härter ran, packte meinen

Kopf und bewegte ihn seinen Schaft entlang auf und ab. Ich umklammerte seine Oberschenkel und atmete durch die Nase, bis er sich verausgabte.

Samuel zog mich auf die Beine. Als er sich auf den Felsblock setzte, ragte seine Männlichkeit kerzengerade empor. Ich dachte, er wollte, dass ich ihn erneut blies, doch stattdessen nahm er mich an den Hüften und hob mich auf seine Lanze. Wir seufzten beide, als ich mich auf seinen Schaft senkte. Wie immer füllte mich seine Dicke bis zur Grenze zwischen Lust und Schmerz aus. Seine Hand schob sich zwischen uns, sein Daumen ertastete meine Lustperle und rieb sie, bis Schockwellen durch mich strahlten. Ich zuckte und grub die Hände in sein Haar. Sein Mund senkte sich auf meinen Hals, leckte und saugte an der empfindsamen Haut. Seine Lippen wanderten zu dem knorrigen Narbengewebe. Einige Augenblicke lang duldete ich es, bevor ich seinen Kopf wegdrückte. Ein Knurren rumorte durch seine Brust, aber er verlagerte die Zuwendungen auf meinen Busen, bis ich den Rücken durchwölbte, auf dass er meine zarten Erhebungen leckte, neckte und saugend beglückte.

Daegan kam herbei, um mich zu stützen. Ich lehnte mich an ihn und lächelte, als sich sein Kopf zu mir herabsenkte, um meinen Mund zu erobern. Sein Kriegerbruder beendete die Liebkosung meiner Brüste und zog mich an sich. Samuel packte kraftvoll meine Hüften und hob mich auf seinem Schaft hoch und runter.

Wieder überkam mich die Lust. Die Schwingungen setzten tief, tief in mir ein und breiteten sich nach außen durch meinen gesamten Körper aus. Japsend krallte ich mit den Fingern an Samuels Armen und muskulösen Schultern. Der große Krieger brüllte auf und legte sich zurück, zog mich auf ihn.

»Reite mich«, befahl er. Der Blick seiner Augen bohrte sich dabei stechend in meine.

Ich versuchte, die Gliedmaßen beisammenzuhalten.

Dann spürte ich, wie Daegans Hand über meinen Rücken nach unten strich, erst eine Pobacke kniff, dann die andere und letztlich auf sie schlug. »Rauf und runter, Brenna, so ist's gut. Verschaff meinem Bruder Erleichterung.«

Als ich auf dem felsigen Untergrund genug Halt fand, setzte ich mich rittlings auf den großen Krieger und bewegte mich auf und ab. Meine Haut wurde glitschig vor Schweiß.

Daegan versohlte mir eine Weile den Hintern, um mich anzuspornen, dann schoben sich seine Finger in die Ritze zwischen meinen Pobacken. Mit einem Ruck versuchte ich, den tastenden Fingerspitzen zu entrinnen, und der dunkelhaarige Krieger klatschte mir erneut auf den Hintern.

Samuels Finger zupften an meinen Nippeln und lenkten meine Aufmerksamkeit auf ihn. »Schneller«, brummte er, und ich gehorchte, wiegte mich auf ihm, während er an meinen Nippeln zog und so den Takt regelte. Der Schmerz ließ mich die Muskeln um den prallen Knüppel des blonden Hünen anspannen. Schließlich packte er mich an den Hüften und hämmerte von unten in mich hinein, bis er mit einem grollenden Aufschrei kam.

Ich hatte mich noch kaum erholt, als mich Daegan an den Haaren packte und mich von Samuels Gemächt zog.

»Leck ihn sauber«, ordnete der dunkelhaarige Krieger mit belegter Stimme an, »während ich dich von hinten nehme.«

Ich beugte mich über Samuels ausgestreckten Körper und gehorchte abermals. In der Hitze der Erregung verpuffte Daegans sonst so verspieltes Gebaren, doch das störte mich nicht. Sie hatten meinen Körper für den Akt geeicht, und ich schwelgte im Gefühl der harten Stöße des dunkelhaarigen Kriegers, während ich Samuels halbsteifem Glied huldigte.

Daegan zog sich vor dem Höhepunkt aus mir zurück und verteilte seinen Erguss über meinen Rücken. Mittlerweile hatte ich mich daran gewöhnt, dass unsere Vereinigungen mit mir von ihrem Samen bedeckt endeten, diesmal jedoch war ich tatsächlich über und über voll davon. Die Krieger wirkten so befriedigt, dass ich fürchtete, sie würden mich nicht baden lassen.

Letztlich jedoch führte mich Daegan zu den heißen Quellen. Er verließ mich, während ich plantschte und badete. Ich genoss es, mich zu säubern, benutzte sowohl das Öl als auch die Strigilis, bevor ich das Öl von mir abspülte. Schließlich stand ich im seichten Wasser, streichelte meine Haut und bewunderte meine vollen Brüste und meine schmale Taille, die in breite Hüften und ein rundes Hinterteil überging. Mein Körper fühlte sich zugleich verlangend und befriedigt. Der Gedanke, zur Liegestatt zurückzukehren und es erneut mit den beiden Krieger aufzunehmen, brachte mich beinah zum Vibrieren.

Im Wasser treibend schloss ich die Augen und ließ die Hände müßig über meinen Körper wandern.

Plötzlich ereilte mich eine Gedanke, und ich stand auf. Meine Trägheit verflog schlagartig. Ich verspürte Lust. Schon wieder.

Ich vergrub das Gesicht in den Händen.

Das konnte doch nicht sein. Ein Monat war verstrichen, und ich war noch immer hier. Ich hatte mich vergessen, hatte meine Schwestern vergessen, die hilflos der Wollust meines Stiefvaters ausgeliefert waren. Die Krieger hatten mich mit Fesseln der Zuwendung und Freundlichkeit angekettet. Sie behandelten mich so gut, dass ich meine Pflichten aus den Augen verloren hatte.

Ebenso hatte ich mein abgrundtief hässliches Gesicht vergessen.

Wellen kräuselten das Wasser um meinen Körper, verzerrten mein Spiegelbild und schienen mich zu verhöhnen. Ich brauchte nur hinzusehen, schon fiel mir alles wieder ein.

Doch es war bereits zu spät – mein Schoß krampfte sich vor Verlangen nach meinen Kriegerliebhabern zusammen. Sogar mein eigener Körper erwies sich als Feind.

Mein Mund öffnete sich zu einem lautlosen Schrei.

Ich taumelte zurück in die andere Kammer und zog ein Fell um mich. Obwohl ich weder Stiefel noch Kleidung hatte, durfte ich keine Zeit mehr verlieren. Zum ersten Mal, seit mich die Krieger in die Höhle gebracht hatten, betrat ich den Gang und bewegte mich mit Flucht im Sinn auf die kalte Luft im Freien zu. Samuel hatte mich davor gewarnt, mich allein hinauszuwagen, und die Angst vor Gefahr hatte genügt, um mich zurückzuhalten. Sie und ihre liebevollen Berührungen, die ich nach einem Leben als Ausgestoßene so sehr begrüßte. Der sanfte Schein von vermeintlicher Liebe hatte mich blind für mein wahres, hässliches Ich werden lassen. Die Hexe hatte in der Tat gut gewählt.

Geflutet von verbitterten Gedanken trat ich aus der Höhle auf den Felsvorsprung und blinzelte im Tageslicht. Die Sonne stand tief am Himmel – ob am Abend oder am Morgen wusste ich nicht.

Ein Pfad führte vom Rand der Höhle den Hang hinab, und einen Moment lang schien mir die Flucht möglich zu sein.

Eine Bewegung erregte meine Aufmerksamkeit, und ich

erschrak, als sich Gestalten aus den Schatten lösten. Ihr gesprenkeltes Fell bildete vor dem Felshintergrund eine natürliche Tarnung.

Wohin ich auch blickte, sah ich Wölfe.

Und einfach so schlug mein Traum von Flucht in einen Albtraum um.

Ich wich vom Pfad zurück, der vom Berg führte, umklammerte mit einer Hand das Fell und bedeckte mit der anderen meine Narben. Ein mitleiderregender Schutz gegen diese Bestien, die mich mittlerweile umzingelten. Ein paar schnitten mir sogar den Rückweg in die Höhle ab. Ich saß auf einem Berg mit einem Rudel von Wölfen fest, meinen frühesten Peinigern.

Mein Mund klappte auf und entfesselte einen Schrei, den niemand hören konnte.

Ein Wolf hatte mir die Stimme genommen und mein Leben für immer verändert. Und nun würden mir Wölfe das Leben selbst nehmen.

Nur ein Ausweg stand mir noch offen: der Rand des Felsvorsprungs. Mittlerweile strömten mir Tränen über das Gesicht, während ich langsam zurückwich.

Ein dunkler Wolf preschte vor die anderen. Er knurrte nicht, hielt nur inne, stand da und beobachtete mich aufmerksam.

An der Stelle wurde mir klar, dass alle Wölfe goldene Augen hatten.

Mein Kopf schwenkte hin und her. Nein, das konnte nicht sein.

Ein goldener Wolf, größer als alle anderen, löste sich vom Rudel, rannte neben den Dunklen, und da wusste ich ohne Zweifel, dass ich Samuel und Daegan vor mir hatte. Die Berserker waren keine Menschen, die wüten konnten wie Bestien. Sie *waren* Bestien. Wölfe.

Mit immer noch zu einem Schrei aufgerissenem Mund drehte ich mich um und rannte los. Meine Füße klatschten über Stein. Zwar gab es für mich keine Flucht, doch der Felsvorsprung endete nur wenige Schritte von mir entfernt. Ich konnte mich zumindest in die Tiefe stürzen und sterben.

Ein mächtiger Stoß von hinten schleuderte mich zu Boden. Mein Haar wehte, als würde es vom Wind erfasst, doch die Luft rührte sich nicht.

»Nein«, ertönte ein schniefendes Knurren hinter mir. »Brenna!«

Ich rappelte mich auf und wirbelte herum. Der dunkle Wolf befand sich nur einen Schritt entfernt, das Maul geöffnet. Die Zunge baumelte hechelnd heraus. Hatte er Kummer in den goldenen Augen?

Ich hob die Hände zu einer Geste, die besagte, dass er mir vom Leib bleiben sollte. Samuel kauerte sich ein Stück hinter dem Wolf auf die Hände und Knie. Abgesehen von einem Lendenschurz war er nackt, wie ich ihn schon viele Male gesehen hatte. »Brenna«, presste er erstickt hervor, dann nahm er mit deutlicherer, menschlicher Stimme einen neuen Anlauf. »Bitte.«

Bei meiner überhasteten Flucht hatte ich falsch eingeschätzt, wie nah ich mich dem Abgrund in Wirklichkeit befand. Nur ein winziger Schritt rückwärts, und schon begann ich zu fallen. Der Wolf sprang los.

Kiefer schnappten zu, schlossen sich um das Fell und rissen mich nach vorn. Ich klammerte mich daran fest, als mich der Wolf zurück auf den Felsvorsprung zog. Einen Moment lang strampelten meine Füße über dem Rand des Abgrunds in der Leere, doch das dicke Fell hatte mich gerettet. Das Fell und die verheerenden Kiefer eines Wolfs.

Samuel beugte sich über mich. Besorgnis sprach aus jeder Linie seiner Züge.

»Brenna.« Seine Hände tasteten über meinen Körper, untersuchten mich. Neben dem blonden Krieger winselte der dunkle Wolf.

Samuel hob mich hoch und trug mich zurück in die Kammer mit den Fellen. Während ich in diese goldenen Augen starrte, fügten sich die Teile zusammen. Diese Männer waren tatsächlich die Berserker aus früheren Zeiten. Im Verlauf der Jahrhunderte hatten sie für verschiedene Könige und Länder gekämpft, bevor sie sich im Hochland niedergelassen hatten, abgeschieden und allein an einem Ort, an dem niemand wusste, dass sie Wölfe waren. Sie brauchten eine Sklavin, um ihre Gelüste zu befriedigen, und hatten sich an eine Hexe gewandt, die ihnen geraten hatte, mich zu suchen. Denn wer würde schon eine derart hässliche, gemeine Frau vermissen, die bereits gezeichnet von den Narben ihresgleichen war?

Als ich auf den Fellen lag, brodelten trotz Samuels sanften Zuwendungen Schmerzen durch meinen Leib. Er entkleidete mich und verband meinen Hals, dann ließ er sich neben mir nieder, wischte mir das Haar aus dem Gesicht und sprach in besänftigendem Ton zu mir. »Brenna, es tut mir leid. Ich wünschte, ich hätte es dir anders beibringen können. Ich würde alles tun, um dir die Angst zu nehmen.«

Als seine Hand meine Narben berührte, versteifte ich den Körper. Ich schloss die Augen und drehte ihm den Rücken zu. Samuel schlang einen mächtigen Arm um mich und zog mich zurück zu sich. Sein Seufzen wehte durch mein Haar.

»Bitte, Liebes. Fürchte uns nicht. Ich weiß nicht, woher

du diese Narben hast. Von einem Wolf, einem gewöhnlichen Hund oder einem unsresgleichen. Wir sind von Hexengeburt. In uns lebt zwar die Bestie, aber sie kann gezähmt werden. Irgendwie ...« Er verstummte, neigte den Kopf in mein Haar und atmete tief ein, wie es der Krieger so oft tat. »... besänftigst du den Wolf.«

Meine Züge knautschten sich zusammen, als ich alle Willenskraft zusammennahm, um nicht zu weinen. Es war so ungerecht, dass mein Schicksal gleich zweimal geändert wurde, beide Male von Bestien. Dabei spielte keine Rolle, dass ich meine Kriegerherren liebte. Ein Leben des Leidens genügte, um die zärtlichen Momente auszulöschen.

Ein schnupperndes Geräusch erregte meine Aufmerksamkeit. Der dunkle Wolf stand neben der Liegestatt und warf den Kopf wild hin und her, als wollte er einen unsichtbaren Mantel abschütteln. Mein Körper versteifte sich, und ich wollte wegkriechen, doch Samuel hielt mich dem Wolf zugewandt fest.

»Das ist Daegan. Er versucht gerade, sich für dich in einen Menschen zurückzuverwandeln, damit er dich beruhigen kann.«

Die Bestie hielt inne und stimmte ein Winseln an, ein sogar für meine verängstigten Ohren verzweifelter, mitleiderregender Laut.

»Ich habe Rudelmagie beschworen, um mich schnell zu verwandeln, damit ich mit dir sprechen konnte«, erklärte mir Samuel. »Jeder Wolf hat mir dabei geholfen, und es wird eine Weile dauern, bis sich die anderen davon erholen. Aber Daegan ist stark. Seine Macht ist meiner beinah ebenbürtig. Es kann ihm sogar in geschwächtem Zustand gelingen, sich zu verwandeln.«

Wieder zog der Wolf den Kopf ein und winselte. So

riesig er sein mochte, ich empfand ihn nicht mehr als so furchteinflößend wie zuvor.

»Sieh ihn dir an, Brenna. Er leidet, weil du dich vor ihm fürchtest. Du hast uns unsere Menschlichkeit zurückgegeben. Bitte nimm uns das nicht weg und hasse uns nicht.«

Eine lange Weile beobachteten Samuel und ich, wie der schwarze Wolf kämpfte. Sein Körper zitterte, als würde er von tausend ihn piesackenden Bienen bestürmt. Ein Teil von mir wollte ihn trösten.

Schließlich ergriff der blonde Krieger wieder das Wort. »Jahrelang haben wir die Bestie mit Gewalt gefüttert. Jahrhunderte voll von Kämpfen und Tod. Der Blutrausch ist süß, wenn er uns überkommt. Aber er hat uns alle Güte ausgesaugt, bis wir innerlich vollkommen hohl waren.« Er drehte mich zu sich herum, doch hinter mir hörte ich weiterhin, wie der Wolf schnüffelte und darum kämpfte, sich zu verwandeln. »Ich habe alles getan, um an meiner Menschlichkeit festzuhalten. Bin an Frauen herangetreten, habe gute Taten vollbracht. Ich habe sogar dem Kriegerdasein abgeschworen, ein Frömmigkeitsgelübde abgelegt und meinen Namen geändert, um Priester zu werden. Aber meine Gebete wurden nicht erhört.«

Seine große Hand bedeckte meine Narben. Ausnahmsweise zuckte ich nicht zurück, war zu gebannt von seiner Geschichte und dem Ausdruck in seinen Augen. »Ich wurde Gelehrter und suchte eine Hexe auf. Sie hat uns gesagt, wir sollen nach jemandem Ausschau halten, der von einem Wolf gezeichnet wurde. Als Daegan durch dein Dorf kam, sah er dich im Bach baden und wusste Bescheid.« Wieder senkte er den Kopf, schmiegte ihn in die Krümmung zwischen meinem Hals und meiner Schulter. »Bitte, Liebes. Überlass uns nicht der Dunkelheit. Wir brauchen dich.«

Ich starrte den dunklen Wolf an, dann berührte ich meine Narben, die ein anderer Wolf hinterlassen hatte.

Als Kind wurde ich von einem Wolf entstellt. Heute wurde ich von einem Wolf gerettet, doch eigentlich hatten mich die Wölfe schon lange davor gerettet. Vor einem Mond.

Sie hielten sich für Monster, diese Berserker-Wölfe, aber ich kannte schlimmere Ungeheuer. Mein Stiefvater gehörte dazu.

Samuel löste den Kopf von meiner Schulter. Ich erhob mich und bewegte mich auf Daegan zu, der erschöpft von seinen misslungenem Verwandlungsversuch auf dem Boden lag. Er stellte die Ohren auf, abgesehen davon jedoch rührte er sich nicht. So groß er war, er schien zahm wie ein Schoßhündchen zu sein.

Einige Schritte entfernt kniete ich mich hin und streckte die Hand aus. Mein gesamter Körper zitterte vor Angst, doch ich hieß das Grauen willkommen. Ich akzeptierte den Wolf. Entweder würde auch er mich akzeptieren, oder ich würde sterben.

Der Berserker Daegan hob den Kopf.

Ich spürte die Wirbel der Macht – die Rudelmagie, die Samuel beschrieben hatte. Wie es mir gelang, das wusste ich nicht, aber ich konnte sie fühlen. Wärme breitete sich in mir aus und trug mich förmlich auf meinen dunkelhaarigen Wolf zu.

Draußen stimmten die anderen Wölfe nacheinander Geheul an. Eine wehmütige Melodie hallte durch den Gang herein. Ein trauriger und doch auch triumphierender Laut. Keiner der Wölfe hörte sich wütend an oder gierte nach meinem Fleisch. Ich empfand den spontanen Chor als erhebend.

Mit der fließenden Stärke eines Raubtiers erhob sich Daegan und tapste an meine Seite.

Ich umarmte den Wolf, vergrub das Gesicht in seinem dunklen Fell, roch darin Wald und Wildnis. Dann spürte ich hinter mir Samuel und das erste Kribbeln von Macht, bevor mich der blonde Krieger zurückzog. Kurz flammten goldenes Licht und Magie auf, als sich Daegan verwandelte.

Dann umarmte ich den Mann.

6

Wie immer schlief ich zwischen den beiden Männern. Nach der Verwandlung versuchte Daegan zu sprechen. Seine goldenen Augen vermittelten sein Verlangen. Nach mehreren stockenden Versuchen legte ich ihm einen Finger auf die Lippen. Ich brauchte keine tröstenden Worte. Ich nahm beide Krieger an den Händen und führte sie zur Liegestatt. Wir schmiegten uns aneinander. Daegan schlief als Erster ein, und all die Tage, die er von der Jagd zurückgekommen war, nach Blut gerochen hatte und nur noch essen, schlafen oder rammeln wollte, ergaben plötzlich Sinn.

»Und, Brenna? Verstehst du jetzt?«, fragte mich Samuel. Ich nickte.

Wenn die Bestie hervorbrach, raubte sie ihnen die menschliche Sprache, und es dauerte eine Weile, bis die Wirkung nachließ. Samuel und Daegan verkörperten die Anführer des Rudels, mit Samuel an der Spitze, dicht gefolgt von Daegan. Nach Jahrhunderten voll Kämpfen beherrschte die Bestie ihre menschliche Seite. Sie brauchten eine Panakeia, jemanden oder etwas, um die Bestie in ihnen zu zähmen.

Danach hatten sie gesucht, eine Hexe um Rat gefragt und schließlich mich gefunden.

Ich wusste nicht, weshalb ich in der Lage war, den Wolf zu besänftigen, doch es spielte keine Rolle. Ich hatte die beiden gerettet.

»Du weißt, wer wir sind, und du akzeptierst uns«, sagte Samuel zu mir. »Wir brauchen dich für immer hier bei uns, Brenna, obwohl ich manchmal wünschte, es gäbe einen anderen Weg. Ich weiß, wie es ist, die Worte einer Hexe zu hören und das Leben ändern zu müssen.«

Ich schlief ein wenig, und als ich erwachte, beobachteten mich die zwei Berserker.

Samuel brachte einen Wendelring an mir an, ein Zierstück aus alten Zeiten. Krieger trugen manchmal Armringe als Zeichen ihrer Treue gegenüber ihrem Anführer oder König. Dieser Ring sah zugleich wie das Schmuckstück einer Prinzessin und wie der Kragen einer Sklavin aus. Vermutlich war es beides oder etwas dazwischen. Ein Band zu Ehren einer Retterin und ein Zeichen eines Zaubers.

Ich berührte es.

»Wir möchten, dass du es annimmst«, ergriff Daegan das Wort. Seine Stimme klang noch rau, und seine Augen leuchteten, davon abgesehen jedoch war er wieder ganz Mensch.

»Das wird dich unter den Wölfen als unsere Gefährtin kennzeichnen.«

Ich starrte auf den Wendelring. Sie baten mich, eine Entscheidung zu treffen. Nicht die Entscheidung, zu bleiben oder zu gehen, sondern die, meinen Platz zu akzeptieren. Dazu war ich abgesehen von einer Sache bereit.

Es dauerte einige Zeit, bis sie meine Handzeichen verstanden, doch letztlich brachte ich sie dazu.

»Du sorgst dich um deine Familie«, interpretierte Samuel.

Ich zeigte auf mein Haar und meinen kurvigen Körper, bevor ich die Hand ausstreckte und jemanden andeutete, der kleiner war.

»Deine Schwestern«, riet Daegan.

»Du willst dich vergewissern, dass sie gut versorgt sind?«

Ich zögerte, weil ich nicht wusste, wie ich ihnen meine Befürchtung vermitteln sollte, dass mein Stiefvater eine Bedrohung für sie sein könnte.

Große Finger drehten meinen Kopf Samuel zu. Der mächtige Blonde sah mir tief in die Augen. Ich spürte ein Kribbeln, das mir über den Rücken lief, aber ich hielt still.

Nach einer langen Weile blies Samuel seufzend den Atem aus. »Du willst den Ehemann deiner Mutter nicht um sie haben, weil du ihm nicht vertraust.«

Ich nickte mit Nachdruck, während Daegan und Samuel einen Blick wechselten.

»Brenna«, sagte Daegan. »Möchtest du, dass wir uns um die Bedrohung kümmern?« Der sonst so verspielte dunkelhaarige Krieger wirkte äußerst ernst.

Ich nickte.

»Und wenn wir es tun, bleibst du dann und lebst unter uns? Aus freien Stücken?«

Ich nickte und griff nach dem Wendelring, legte ihn auf meinen Schoß und starrte erst in ein goldenes Augenpaar, dann in das andere.

Ich hatte meine Wahl getroffen. Nun lag es an ihnen.

»Bin in einem Tag zurück«, kündigte Daegan an. Dann küsste er mich und ging.

Ich zog die Beine an die Brust an und schlang die Arme um die Knie.

Samuel lief rastlos um mich herum im Kreis. In unregelmäßigen Abständen hob er den Kopf und schnupperte die Luft. Ich wusste, dass er meine Lust witterte.

Wir warteten.

Schatten krochen in die Ecken. Ich musste in der Zwischenzeit gegessen und geschlafen haben, denn als Nächstes bekam ich mit, dass sich in der Kammer der Geruch von Blut ausbreitete.

»Brenna«, rief Samuel.

Ich erhob mich und zog ein Fell statt eines Kleids um mich. Ich war nun eine Berserker-Gefährtin. Ich konnte nackt unter den Wölfen wandeln – meine Geliebten würden mich beschützen.

Der blonde Anführer und ich marschierten zusammen den Gang hinab zum Felsvorsprung vor der Höhle, wo ein Rudel riesiger Werwölfe wartete. Daegan trat in Menschengestalt vor, leicht gebückt und mit den anmutigen, lautlosen Bewegungen eines Raubtiers. Der Geruch von Blut hing geradezu knisternd in der Luft. Ich näherte mich ihm. Er hob einen Korb, aus dem es rot triefte.

Schon bevor ich nachsah, wusste ich, was ich darin finden würde.

»Daegan hat mir erzählt, dass die Beute nach Abartigkeit gestunken hat. Als deine Schwester den Leichnam gefunden hat, da hat sie gelacht.«

Ich stellte den Korb mit dem Kopf meines Stiefvaters auf den Boden. Fleur, Muriel, Sabine – meine Schwestern waren in Sicherheit.

Daegan und Samuel folgten mir zurück in die Kammer. Ich zeigte naserümpfend in die Richtung des Raums mit den heißen Quellen, und der dunkelhaarige Krieger verschwand, um zu baden.

Als Daegan nackt und triefnass zurückkehrte, fand er mich auf der Liegestatt sitzend mit dem Wendelring auf dem Schoß vor.

Ich reckte das Kinn vor und reichte das Schmuckstück Samuel.

Daegan hob mein Haar an, während Samuel den Wendelring bog, als bestünde er aus Stroh, und ihn mir um den Hals anlegte. Als ich das kühle Metall berührte, spürte ich ein seltsames Vibrieren von Macht, als wäre der Wendelring ein magischer Gegenstand. Das Silber verdeckte zugleich einen Teil meiner Narben und lenkte Aufmerksamkeit darauf.

Ich richtete mich auf die Zehenspitzen auf, zog Samuels Kopf zu mir nach unten und küsste erst ihn, dann Daegan, bevor ich die beiden zurück zur Liegestatt führte.

Dann beanspruchten wir uns gegenseitig, während draußen die Wölfe heulten.

EINEN MOND später stand ich am Rand des großen Markts und beobachtete, wie meine Mutter ihren Stand aufstellte. Zwei meiner Schwestern spielten im Gras, während Fleur neben meiner Mutter arbeitete.

»Wir haben einen Händler gefunden, der einen guten Preis für ihre Waren zahlen wird«, hatte mir Samuel mitgeteilt. »Und jeden Monat findet die älteste Schwester frisches Fleisch auf ihrer Schwelle vor. Wir werden über sie wachen.«

Während ich hinsah, spürte ich hinter mir im Wald ein Aufflackern von Macht, was darauf hinwies, dass sich gerade ein Wolf in Menschengestalt verwandelte. Der Kopf meiner Schwester Fleur schnellte in unsere Richtung, dann setzte sie sich in Richtung meines Verstecks in Bewegung. Ich wich zurück, doch meine Mutter rief nach Fleur, und meine Schwester kehrte um und half ihr, wenngleich sie dabei nachdenklich die Stirn in Falten legte.

Schließlich drehte ich meiner Familie den Rücken zu und begab mich tiefer in den Wald, wo im dichten Unterholz zwei Männer auf mich warteten, der eine dunkel, der andere blond. Riesige Schemen, die geduckt und mit golden leuchtenden Augenpaaren in den Schatten lauerten.

DAEGANS, Samuels und Brennas Geschichte geht in Gepaart mit den Berserkern weiter.

KOSTENLOSES BUCH

Hol dir ein kostenloses Exemplar von Gezeugt von den Berserkern und Eine Berserker-Geburt, indem du dich für meinen Newsletter anmeldest.

Der dritte Teil von Daegans, Brennas und Samuels Geschichte. Lies den ersten Teil in Verkauft an die Berserker *und den zweiten in* Gepaart mit den Berserkern. *Diese Novelle ist kostenlos, ein Geschenk.*

https://BookHip.com/PKRMGC

DIE BERSERKER-SAGA

Verkauft an die Berserker
Gepaart mit den Berserkern
Entführt von den Berserkern
Übergeben an die Berserker
Gefordert von den Berserkern

EBENFALLS VON LEE SAVINO

Unschuld mit Stasia Black (Eine dunkle Liebesgeschichte)
    Das Erwachen (Unschuld 2)

Der Soldat, der mich verführt

Draekons (Drachen im Exil) mit Lili Zander (Eine Sci-Fi
Dreierbeziehung Romanze)

Draekon Gefährtin
Draekon Feuer
Draekon Herz
Draekon Entführung
Draekon Schicksal
Tochter der Draekons
Draekon Fieber
Draekon Rebellin
Draekon Festtag

DIE AUTORIN

Lee Savino ist *USA Today*-Bestsellerautorin. Außerdem ist sie Mutter und schokosüchtig. Sie hat eine ganze Reihe von Büchern geschrieben, die alle unter die Rubrik »smexy« Liebesgeschichten fallen. *Smexy* steht dabei für »smart und sexy«.

Sie hofft, dass euch dieses Buch gefallen hat.

Besucht sie unter:
www.leesavino.com

OHNE TITEL

www.ingramcontent.com/pod-product-compliance
Lightning Source LLC
Chambersburg PA
CBHW050155110726
47898CB00008B/2816